光文社文庫

長編時代小説

春淡し

吉原裏同心(31)

決定版

佐伯泰英

光　文　社

目次

新吉原廓内図

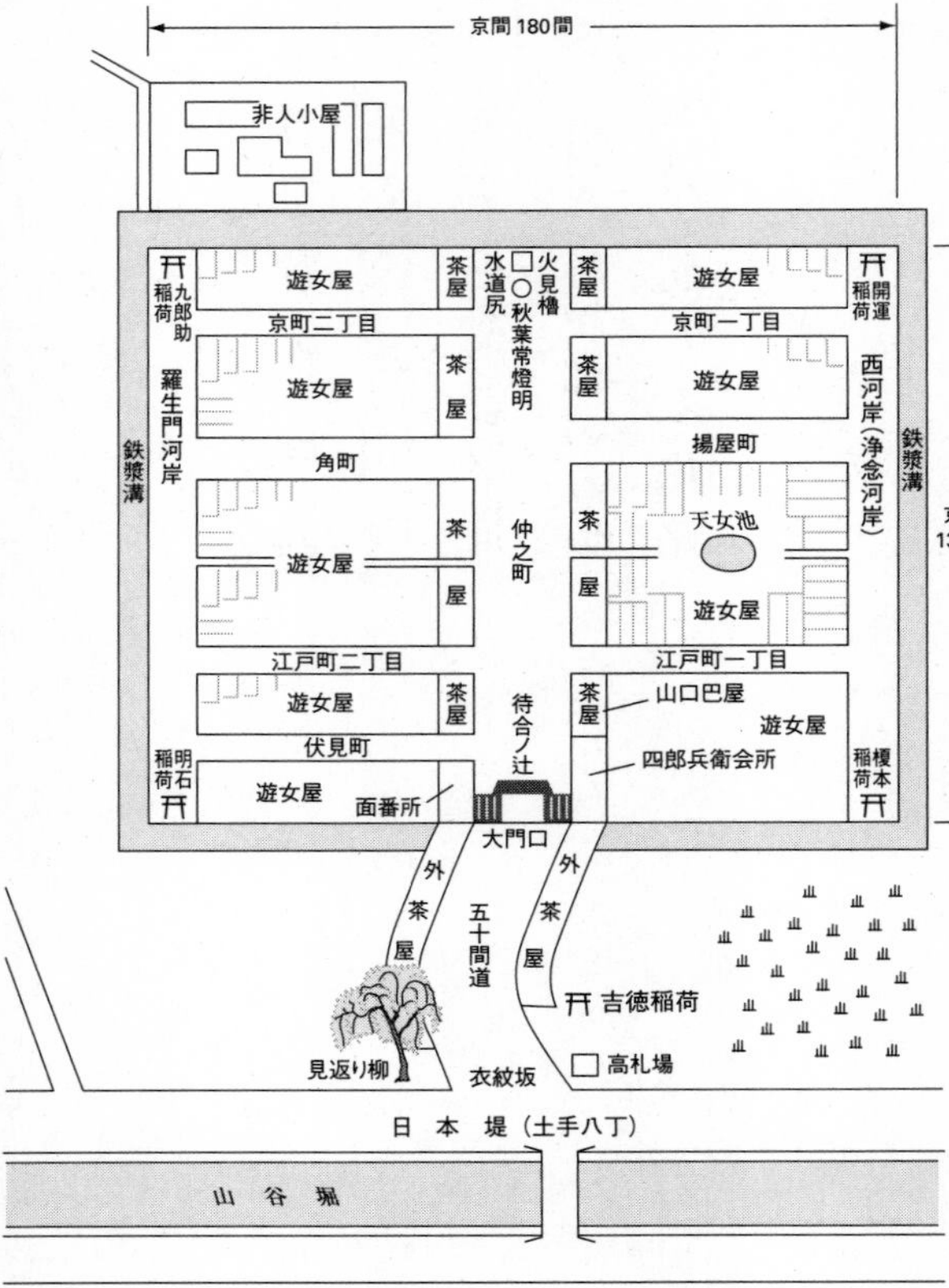
京間180間
非人小屋
九郎助稲荷
遊女屋
茶屋
水道尻
火見櫓
秋葉常燈明
開運稲荷
京町二丁目
京町一丁目
羅生門河岸
西河岸（浄念河岸）
鉄漿溝
揚屋町
角町
天女池
仲之町
京間135間
江戸町二丁目
江戸町一丁目
山口巴屋
待合ノ辻
伏見町
明石稲荷
四郎兵衛会所
榎本稲荷
面番所
大門口
外茶屋
五十間道
吉徳稲荷
高札場
見返り柳
衣紋坂
日本堤（土手八丁）
山谷堀

北
東
南
西
荒川
千住大橋
鐘ヶ淵
隅田村
千住道
小塚原
三河島
日暮里
田端
駒込
谷中
日本堤
金杉上町
新吉原
隅田川
寺島村
今戸町
今戸橋
山谷堀
鷲神社
下谷
東叡山寛永寺
千駄木
白山
浅草寺
東本願寺
小梅村
浅草花川戸町
根津権現
本郷
御薬園
小石川
伝通院
中堂
不忍池
幡随院
広徳寺
阿部川町
新堀川
吾妻橋
竹町ノ渡し
田原町
三間町
並木町
駒形堂
菊坂町
池之端仲町
下谷広小路
湯島天神
御徒町
蔵前
春日町
水戸徳川家
北割下水
森田町
石原町
牛込
神田川
神田明神
外神田
向柳原
御米蔵
牛込御門
小石川御門
水道橋
天王町
浅草橋
柳橋
御竹蔵
神楽坂
昌平橋
筋違御門
和泉橋
柳原土手
両国広小路
南割下水
番町
本所
市谷
田安御門
俎板橋
雉子橋御門
一ツ橋御門
神田橋御門
内神田
馬喰町
両国橋
回向院
竪川
市谷御門
清水御門
小伝馬町
今川橋
日本橋
新大橋
常盤橋御門
北町奉行所
小名木川
麹町
江戸城
室町
江戸橋
仙台堀
深川
半蔵御門
呉服橋御門
日本橋
南茅場町
材木町
西之御丸
永代橋
南町奉行所
鍛冶橋御門
京橋
八丁堀組屋敷
霊岸島
富岡八幡宮
桜田御門
永田町
赤坂御門
石川島
越中島
数寄屋橋御門
西本願寺
山王日枝神社
新橋
築地
佃島
溜池
幸橋御門
汐留橋

『春淡し』主な登場人物

神守幹次郎……豊後岡藩の馬廻り役だったが、幼馴染で納戸頭の妻になった汀女とともに逐電の後、江戸へ。吉原会所の七代目頭取・四郎兵衛と出会い、剣の腕と人柄を見込まれ、「吉原裏同心」となる。薩摩示現流と眼志流居合の遣い手。

汀女……幹次郎の妻女。豊後岡藩の納戸頭との理不尽な婚姻に苦しんでいたが、幹次郎と逐電、長い流浪の末、吉原へ流れつく。遊女たちの手習いの師匠を務め、また浅草の料理茶屋「山口巴屋」の商いを任されている。

加門麻……元は薄墨太夫として吉原で人気絶頂の花魁だった。吉原炎上の際に幹次郎に助け出され、その後、幹次郎のことを思い続けている。幹次郎の妻・汀女とは姉妹のように親しく、先代伊勢亀半右衛門の遺言で落籍された後、幹次郎と汀女の「柘榴の家」に身を寄せる。

四郎兵衛……吉原会所七代目頭取。吉原の奉行ともいうべき存在で、江戸幕府の許しを得た「御免色里」を司っている。幹次郎の剣の腕と人柄を見込んで「吉原裏同心」に抜擢した。

仙右衛門……吉原会所の番方。四郎兵衛の右腕であり、幹次郎の信頼する友でもある。

玉藻……仲之町の引手茶屋「山口巴屋」の女将。四郎兵衛の娘。料理人正三郎と夫婦になった。

三浦屋四郎左衛門……大見世・三浦屋の楼主。吉原五丁町の総名主にして四郎兵衛の盟友であり、ともに吉原を支える。

身代わりの左吉……罪を犯した者の身代わりで牢に入る稼業を生業とする。裏社会に顔の利く幹次郎の友。

嶋村澄乃……亡き父と四郎兵衛との縁を頼り、吉原にやってきた。若き女裏同心。

新之助……水道尻にある火の番小屋の番太。澄乃と協力し、吉原の治安を守る。

村崎季光……南町奉行所隠密廻り同心。吉原にある面番所に詰めている。

桑平市松……南町奉行所定町廻り同心。幹次郎とともに数々の事件を解決してきた。

足田甚吉……幹次郎と汀女の幼馴染。豊後岡藩の中間だった。現在は藩を離れ、料理茶屋「山口巴屋」の男衆をしている。

桜季……八朔の夜に足抜を企てた咎により幹次郎の手で西河岸に落とされたが、心を入れ替え三浦屋に戻る。

おいつ……元・西河岸の切見世女郎の初音。西河岸時代の桜季を助け、三浦屋の番頭新造となった。

春淡し——吉原裏同心（31）

第一章　跡継ぎ話

一

寛政《かんせい》三年（一七九一）師走《しわす》も残すところ数日、吉原会所《よしわらかいしょ》に京町《きょうまち》一丁目の妓楼《ぎろう》三浦屋《みうらや》の四郎左衛門《しろうざえもん》ら町名主《まちなぬし》が集まり、七代目頭取《とうどり》四郎兵衛《しろべえ》から話を聞くと、だれもが驚きのあと、沈黙した。

重苦しい沈黙で、なんとも表現のしようもない雰囲気が場に漂《ただよ》った。

五丁町《ごちょうまち》の名主の中でこの話を承知なのは三浦屋四郎左衛門だけだ。だが、四郎左衛門も初めて聞くふりをして他の六人と同様の驚きの顔をしてみせていた。

とはいえ、四郎左衛門は、この話を四郎兵衛から聞かされた折りから、

「すんなりとはいくまい」

とみていた。

長い沈黙を破ったのは江戸町《えどちょう》一丁目の名主駒宮楼《こまみやろう》主人六左衛門《ろくざえもん》であった。

「七代目、本気かね」

「本気も本気です。私も歳《とし》です、元気なうちに跡継ぎを決めておきたいのです」

「それは分かる。だが」

と言葉を途中で止めた。

「なんでございましょうな。われら、官許《かんきょ》の遊里《ゆうり》吉原の仲間です。忌憚《きたん》のないお考えをお聞かせくだされ」

「ならば申し上げます。神守幹次郎《かみもりみきじろう》様を八代目にするのはどうかと思います。たしかに神守幹次郎様は吉原会所の腕利《うでき》き裏同心《うらどうしん》です。ですが、出自を質《ただ》せば西国《さいごく》の大名家を妻仇討《めがたきうち》で追われて吉原に流れついて七代目に拾われた余所者《よそもの》です。それを御免色里《ごめんいろざと》の吉原会所の八代目頭取に据《す》えるなど乱暴ですな」

と六左衛門が口早に言い切った。

「他に駒宮楼さんの考えに賛意を示されるお方はございますかな」

角町《すみちょう》の池田屋哲太郎《いけだやてつたろう》と伏見町《ふしみちょう》の壱刻楼簑助《いちこくろうみのすけ》が賛意を示した。

「駒宮楼さんの申されること至極《しごく》もっとも、いくら腕利きとはいえ陰の者に吉原の実権を任《まか》せるわけにはいかぬ」

と池田屋が言い、壱刻楼も、

「いささか分《ぶん》を超えて動かれることが多うございますな。三浦屋さんなど、一番迷惑を被《こうむ》っておられるのではありませんか」

と最前からひと言も言葉を発しない四郎左衛門に考えを求めたが、

「この一件に関しましては私、最後に考えを述べさせてもらいましょう」

と四郎左衛門は保留した。すると、四郎兵衛が、

「喜扇楼《きせんろう》さん、どうお考えかな」

「この話、考えが分かれた場合、数の多いほうで事の決着をつけるおつもりか」

と京町二丁目の大籬《おおまがき》（大見世《おおみせ》）喜扇楼正右衛門《しょうえもん》が四郎兵衛に質した。

「いえ、日にちがかかろうと五丁町の名主方と話し合い、全員一致をみずして決めることは致しませぬ」

と四郎兵衛が言い切った。

「ならば申し上げる。私ども、これまで幾《いく》たびも神守幹次郎様の言動に驚かされましたがな、そのたびに神守様は得心《とくしん》のいく答えを示されてきましたな。これほどの人材がただ今の吉原におられることは心強いかぎり、陰の者というても私ど

もとて世間から日陰の身とみられる妓楼の忘八風情《ぼうはちふぜい》ですよ。出自うんぬんは、どうでもよきこと、神守様が吉原のために働いてきた功績を考えれば、七代目の提案には賛意を示すものです」

と正右衛門が懇々《こんこん》と考えを述べた。

それに対して江戸町二丁目の相模屋伸之助《さがみやしんのすけ》と揚屋町《あげやちょう》の常陸屋久六《ひたちやきゅうろく》が賛意を示すように大きく頷《うなず》いた。

「これで三対三だな、三浦屋さん、そなたの考えはどうですね」

と最初に反対意見を述べた駒宮楼六左衛門が総《そう》名主三浦屋四郎左衛門の考えを求めた。五丁町の名主の中でも、総名主の意見は事を左右する力を有していた。

「七代目は全員一致でなければ、事を決することはないと申されましたな。この七代目の提案、本日決めることもございますまい」

と言い、

「ひとつだけご一統《いっとう》にお訊《き》きしたいことがございます」

「なんですね」

と壱刻楼簑助が問うた。

「神守幹次郎様うんぬんは別にして、この吉原に八代目に相応《ふさわ》しいお方がおられますかな」

全員が黙り込んだ。

必死で八代目の候補を模索《もさく》している顔だった。ただし最初に神守幹次郎の八代目就任に反対した駒宮楼六左衛門にはだれか思い当たる節があるような表情があった。だが、この場で口にはしなかった。それを四郎左衛門も四郎兵衛も見ていた。

「あのう」

と言い出したのは常陸屋久六だ。吉原の五丁町では格下の揚屋町に、半籬《はんまがき》(中見世《ちゅうみせ》)の見世を代々営《いとな》んでいた。

「常陸屋さん、言いたいことは言いなされ」

と反対派の六左衛門が言った。

「この一件、神守幹次郎様は承知ですかな」

全員の視線が四郎兵衛に集まった。

「承知です」

「だれが話された」

と六左衛門の語調が険《けわ》しくなった。

「むろん七代目頭取の私です。神守様の考えを聞かずしてかような提案ができますかな。最初に神守様の気持ちを聞いたのはもはや数月前になりましょう。はっきりとお断わりになりました。拒《こば》まれた理由《わけ》は駒宮楼さんの考えと全く同じ、『それがしは廓者《くるわもの》ではござらぬ、陰の者です』という理由でございました」

得たり、という顔を六左衛門がした。

「神守様を説得するのに七代目の私に倅《せがれ》がいないことや適当な人材が見当たらないことを幾たびも繰り返し説《と》き、ようやく、『名主方のご意見を聞いた上で』と保留しておられます」

「七代目、聞くところによると玉藻《たまも》さんが懐妊《かいにん》しているというではないか」

「ほう、承知でしたか。懐妊は事実です。ですが、生まれてもいない孫です、また男とも女とも分からないのです。よしんば男子《おのこ》であったとしても成人するには十六、七年、さらに吉原会所の頭取を務めるには少なくとも三十を超えねば無理でございましょう。私の孫が仮に八代目を継ぐとしても、私はとうの昔に死んでおりましょう。その間、どうなさるおつもりですかな。本日の集いの趣旨《しゅし》はこのことです」

四郎兵衛が理《り》を尽くして説明した。

「ならば玉藻さんの婿《むこ》の正三郎《しょうざぶろう》さんはどうだ」

駒宮楼六左衛門は手を替え、品を替え、思いつく考えを述べた。

「正三郎は五十間道《ごじっけんみち》の生まれとはいえ廓者ではありません、人柄のよい料理人です。しかし、とても吉原会所の頭取を継ぐ器量ではないことはここにおられる全員が承知でしょうが」

「となると廓内でなんとしても探すしかないか」

六左衛門が言い、なんとなく思い当たるという顔を見せた。

「次いで申しておきます。私がこの考えを打ち明けたのは神守様おひとりです。神守様もこの数月私の提案にひとりで悩み抜いてこられました」

四郎兵衛は三浦屋四郎左衛門が承知であり、幹次郎が汀女《ていじょ》と麻《あさ》、番方《ばんかた》の仙右衛《せんえ》門《もん》に話し、四郎兵衛自らが伊勢亀《いせき》の当代に相談したことを告げなかった。

駒宮楼のように強硬に神守幹次郎が八代目に就くことに反対する者が出てきた以上、このようなことを話すのは得策でないと考えたからだ。

「七代目の気持ちはよう分かりました。もしもですよ、神守様が八代目に就いたとしたら直《す》ぐにも七代目は隠居なされますかな」

喜扇楼正右衛門が尋ねた。

「数年前よりさるところに隠居所を用意してございます。ですが、私の力が必要であるならば元気なうちは八代目の後見人《こうけんにん》として相談ごとに乗る心算《こころづもり》でございます。されど『院政《いんせい》』などと思われるお方もおるやもしれません。さようなことが生じるならば私は八代目がだれであれ、すっぱりと隠居致します」

「七代目は何年も前から考えてこられたのだな」

常陸屋久六が頷くように顎《あご》を振った。

「はい、さようです」

「七代目が、元気なうちに八代目をと考えたのは当然の務めですよ」

と相模屋がさらに言った。

この言葉に頷く者とそうでない者が二派に分かれた。

沈黙が支配した。

「この一件、しばし間を置いて次なる集いの折りにご一統様の考えを改めて聞いてはどうですな」

三浦屋四郎左衛門が本日はこれ以上話を続けるのは無駄、やめにしようではないかと提案した。

「いや、反対する者がおるのです。この話自体これにて終わりにしませんかな」

と反対派の六左衛門が言った。

「つまり駒宮楼さんは神守様の八代目の話など向後《こうご》一切してはならぬと申されますかな」

「三浦屋さん、そういうことです」

「先ほど七代目は皆さんの考えが全員一致するまで話し合いを続けると申され、それにそなた方は賛成なされましたな」

四郎左衛門が六左衛門の顔を見据えながら言った。

「三浦屋さん、話を聞いているうちに余所者を吉原会所の八代目になど断じてしてはならぬと思うたまでです」

ふっ
という溜息《ためいき》が複数の名主から漏《も》れた。

しばし間を置いた四郎左衛門が、

「駒宮楼さんの言葉を他の名主方はどう考えられますな」

「三浦屋さん、あんたの考えはどうなんですか」

と六左衛門が苛立《いらだ》ったように糺《ただ》した。

「私は皆さんの意見が固まった折りに告げると申しましたぞ」

四郎左衛門はあっさりと返答を避け、

「三浦屋さんも七代目と同じ考えじゃやな」

「駒宮楼さん、そう決めつけんでくだされ。七代目は七代目、私は私でございますよ」

と怒りの表情で言い放った。

「七代目、もし駒宮楼さんの考えを受け入れるとなると、七代目が隠居する際には神守様も吉原会所から身を退《ひ》くことになりませぬかな」

反対派のひとりとみなされる角町の池田屋哲太郎が話柄《わへい》の矛先《ほこさき》を変えるように言い出した。

「池田屋さん、それは神守様のお考え次第でしょうな」

「いや、これまで七代目を助けて働いてきた神守様は、七代目に恩義を感じておられる。となれば、吉原会所の裏同心を潔《いさぎよ》く辞められましょう。これは間違いないですぞ」

と相模屋伸之助が言い、

「吉原会所は七代目と神守様を同時に失うことになる」

と言い足した。

「相模屋さん、だからといって神守様を八代目に就けよというのは反対と私は言うているのです」

駒宮楼は意地になったように言葉を放った。

「ご一統、七代目が申されたようにこの話はしばし時をかけて談議をしていきませんかな。むろん八代目に相応しい新たな人材がいるならば、その折りに名をお出しになればよい」

三浦屋四郎左衛門が熱くなった一座を鎮《しず》めるようにふたたび提案した。

「それがいい」

と駒宮楼を除く名主五人が三浦屋の意見を受け入れた。

「相分かりました、そうさせてもらってようございますかな」

との四郎兵衛の言葉に、

「私は反対です」

と言い残した駒宮楼六左衛門が荒々しく席を立った。

しばし間を置いたあと、

「駒宮楼さんがあれほど頑固とは思わなかった」

と賛成派とみえる常陸屋久六が言った。

「幕府が緊縮策をお取りになり、吉原に客が少なくなった今、吉原会所の存在はこれまで以上に重要です。七代目から提案のあった、元気なうちに八代目をという考えは大事です。ご一統様、それぞれとくとお考えくだされ。私もじっくりと思案します」

という総名主の言葉を最後に名主が一人ふたりと席を立ち、最後に四郎兵衛だけが残された。

四郎兵衛は煙管《キセル》を手にするとゆっくりとした動作で刻み煙草《たばこ》を火皿《ひざら》に詰め始めた。そして、煙草盆《ぼん》の火種で火をつけた。

ふうっ

と一服した四郎兵衛は、

(一度目としてはまあまあか)

と思った。

三浦屋四郎左衛門は、京町二丁目の喜扇楼正右衛門といっしょに仲之町《なかのちょう》を水道尻《すいどじり》へとゆっくり向かいながら、

「三浦屋さんはこの話ご存じでしたな」

と質された。

「喜扇楼さん、なんとなく隠居話は漏れ聞いておりましたが、七代目があそこまで考えておられるとは知りませんでした」

「ならば驚かれましたかな」

「驚かぬと言えば嘘になりましょう。されど最前から皆さんの考えを聞きながら、『さてどうしたものか』と迷っております」

「駒宮楼さんは七代目が隠居したあと、自分の倅のひとり、次男の次郎助《じろすけ》さん辺りをと考えておるのではありませんか」

「次郎助さんは外茶屋《そとぢゃや》五十間屋《ごじっけんや》に婿養子に入っていませんかな」

「いかにもさようです」

「年齢はいくつでしたかな」

「二十六、七だったと思います」

「人柄はどうです」

「飲む打つ買う、外茶屋の主《あるじ》としては最悪、五十間屋も、まさかかような御仁《ごじん》とは、と困り果てておりますよ」

「まさか駒宮楼さんも婿に出した、出来の悪い次男を吉原会所の八代目に推挙《すいきょ》するなどありますまい」

「三浦屋さん、駒宮楼さんは、あれでなかなかの野心家でしてな、吉原会所をわがものにできるならばと考えておりますよ」

「驚きました。これまであまり駒宮楼さんとは付き合いがございませんでしたからな」

と言い訳した四郎左衛門だが、五十間屋の嘆《なげ》きを承知していた。

「三浦屋さん、池田屋さんは話が分からぬお人ではございません。集いを重ねれば神守幹次郎様の八代目に賛成なされましょう。伏見町の壱刻楼さんはこの際、放っておいてもようございましょう」

喜扇楼正右衛門が言い切った。

「差し障《さわ》りになるのは駒宮楼と申されますか」

はい、と正右衛門が頷いた。

「ここはしっかりと思案の時です」

と四郎左衛門が己に言い聞かせるように呟《つぶや》いたとき、正右衛門が、

「三浦屋さん、西河岸《にしがし》（浄念河岸《じょうねんがし》）に落とした新造《しんぞう》を大籬の楼に戻すことをようも許されましたな」

と話柄を変えた。

「その一件でも神守幹次郎様が動いておられるとお聞きしましたが、さようですかな」

「たしかに神守様のお考えに私どもは従いました」

「その結果、吉と出ましょうかな、凶と出ましょうかな」

「喜扇楼さん、神守様というお方は、先の先まで読んで布石《ふせき》を打たれます」

「それがただ今のところうまくいっておる」

「向後、神守幹次郎様の本性が現われると申されますかな」

四郎左衛門に正右衛門はしばしの沈黙で答えた。

「三浦屋さん、神守様に接した多くのお方が神守信者となられる。その旗頭《はたがしら》が身罷《みまか》った札差《ふださし》伊勢亀の先代でしたな。神守様は札差の陰の筆頭行司《ひっとうぎょうじ》といってよい当代の後見を務めておられるとお聞きしましたが、真《まこと》でございますかな」

「真です」

「先代の伊勢亀を虜《とりこ》にするとは、どのような策を巡らしたのでしょうかな」

「喜扇楼さん、策とか手立てとかは神守様には無縁の言葉です。信念と申しましょうか、その人の立場に立って心遣いされるゆえ、伊勢亀の先代が当代の後見に推挙したのでしょう。とはいえ、給金が出るわけでもない、時折り、お互いが会《お》うて話をなさるだけと聞いております」

「そんな神守様が八代目に就くことに、なぜ三浦屋さんは真っ先に賛意を示されませんでしたな」

「神守様を苦労が多い吉原会所の八代目頭取に推《お》して難儀をかけるのが、私は嫌《いや》でしてな、最後の最後に私の意思は申し上げようと思いました」

ふうっ
と喜扇楼正右衛門が吐息《といき》をついて、

「さような人物など、金《かね》の草鞋《わらじ》を履いて探してもなかなか見つかりますまい」

と言った。

二

そのころ、神守幹次郎は、吉原会所の七代目が隠居所にと用意した小梅村《こうめむら》の小《こ》体《てい》な家にいた。

一時的に身を隠していた須崎村《すさきむら》から戻った桑平雪《くわひらゆき》の容態が急変したという桑平

の小者庸三の使いを受け、汀女、麻とともに訪ねていた。表戸には亭主の桑平市松《まつ》が立っていて、雪は御典医《ごてんい》桂川甫周《かつらがわほしゅう》の診察を受けていると告げた。

幹次郎らは甫周の診察が終わるのを庭にて待った。いったん奥に入った桑平が幹次郎らの前に現われ、

「先生が身内を連れてこられよ、と申された」

と険しい顔で告げた。

「それほどの容態か」

幹次郎の問いに桑平が黙って頷く。

返す言葉もない。

「頼みがある。それがしが倅らふたりを連れてくる間、桂川先生の診察を見守ってくれぬか」

「相分かった」

と幹次郎が言い、桑平が急ぎ足で近くの雪の実家に向かった。

「幹どの、私と麻が部屋にお邪魔して様子を見て参ります」

汀女が言い、女ふたりが家に入って病間の隣部屋に控えた様子があった。

幹次郎はひとりになって庭木に集う寒《かん》すずめの動きを見ていた。

どれほどの時が経過したか。

不意に桂川甫周が姿を見せ、

「弟子を残しておこう」

と幹次郎に言った。

黙って頷いた幹次郎は、源森川《げんもりがわ》に合流する流れに舫《もや》った舟へ甫周を見送っていった。

「寒さが応《こた》えたかのう。急に加減が悪くなった」

「桑平どのが身内を呼びに行かれましたが、それほど悪うございますか」

「うーむ」

としばし間を置いた桂川が、

「今日明日にということはあるまいと思う。年の瀬が越えられるとよいのじゃが」

「春になれば暖かくなります」

「とはいえ、なんともな」

桂川は曖昧《あいまい》な言葉で、雪の病状がもはや手の打ちようもないところへ来ていることを告げた。

桂川甫周を舟まで見送った幹次郎は、

「運を天に任せるしかございませんか」

「ということだ。蘭方医《らんぽうい》といえども病《やまい》を治すことが叶うのは百人の病人がいたとしても一人かふたり、桑平雪の病はもはや私の力ではどうにもなるまい。とはいえ、病人の頑張り次第で春が迎えられるやもしれぬ。医者の力はせいぜいその程度なのだ」

桂川甫周が悔《くや》しげに言い残して舟に乗り込んだ。

「有難《ありがと》うございました、桂川先生」

幹次郎の礼の言葉に桂川が頷き返して、舟が源森川へと向けられた。

残ったのは政吉船頭《まさきちせんどう》の猪牙舟《ちょきぶね》だ。

「どうなされますな」

政吉は桂川医師の言葉で雪の容態を察し、尋ねた。

「もうしばらく待ってくれぬか。それがしは桑平どのと倅らの来るのを待って吉原に戻ろうでな」

しかし、なぜか桑平市松は幹次郎と汀女のいる間、病人のもとへ戻ってこなかった。麻が病人のもとに残ることにし、汀女と幹次郎はいったん仕事へと戻ることに決めて、最前甫周を見送った堀に出た。

政吉は黙ってふたりを乗せると舟を出した。

「なんとも、お雪さんにかける言葉がございませんでした」

「ないな。お雪どのが、健気《けなげ》に笑みを作っておられるのが却《かえ》って辛《つら》い」

「麻が残ると申してくれたことに驚きました」

「伊勢亀の先代の折りには身罷られる場に麻は立ち会うことができなんだ。その代わりにお雪どのの最期に少しでも役立ちたいと思うておるのではないか」

「大いにそうかもしれませぬ」

ふたりが交わす言葉もなく源森川から隅田川《すみだがわ》（大川《おおかわ》）に出ると、政吉は吾妻橋《あづまばし》へと猪牙舟を向けた。汀女を浅草並木町《あさくさなみきちょう》の料理茶屋山口巴屋《やまぐちともえや》に送るためだ。

吾妻橋で汀女を下ろした政吉の猪牙舟は舳先《へさき》を上流へと向け直した。

「神守様、それほど容態が悪うございますので」

男ふたりだけになったところで政吉が訊いた。

「桂川先生がもはや力が及ばぬと言うておられるのをそなたも聞いたであろう。お雪どのは過日会ったときより痩せておられた」

幹次郎は気丈《きじょう》にも笑みを絶やさぬ雪の顔に死相が漂っているのを見ていた。

「なんてこった。雪様も幼いお子ふたりを残していかれるのはさぞお辛いでしょうね」

「病人が明るく振る舞っておられるのが却って辛くてな」

「わっしは、神守様を吉原に送ったら、もう一度小梅村に戻ります」

「頼もう。なにかあってもいかんでな。麻も残っておるで、なんぞあれば麻を手助けして動いてくれぬか」

幹次郎は吉原会所と付き合いが深い船頭の政吉に言った。

頷いた政吉はしばし無言で櫓《ろ》を漕《こ》いでいたが、

「神守様、ちょいと小耳に挟んだことがございますんで、お尋ねしてようございますか」

と不意に話しかけた。

「なんだな、そなたとそれがしの仲ではないか」

「へえ」

と言った政吉が、

「七代目が隠居を考えておられるって話をね、聞いたんでさあ」

「そなたゆえ正直に答えよう。それがしもさような話を七代目の口から聞かされた」

「やっぱり真でしたか」

「小耳に挟んだのはそれだけかな」

「いえ、違いますので」

「言えぬのか」

「いえね、こいつは噂の類《たぐい》、別口でさあ」

船宿牡丹屋《ぼたんや》の老練《ろうれん》な船頭政吉は、吉原会所の密偵《みってい》のような陰仕事を任じていた。

ただの船頭ではない。

「ほう、なんであろうな」

「七代目が隠居したのち、神守様が跡継ぎになるって話でさ。真のことですか」

幹次郎はだれから漏れたのかと考えつつも、

「政吉どのはどう思ったな」

と反問した。

「ただ今の吉原で八代目の器と力を持っておられるのは神守幹次郎様だけですよ、ありえると思いました」

「とはいえ、それがしは廓の外の生まれにして吉原の陰の者である。そのような出自のそれがしが安直に跡を継ぐことはありえまい」

「難しゅうございましょうな。口さがないお歴々《れきれき》はいくらもおられますで」

と言った政吉がしばらく沈黙し、

「神守様、噂が真の話なればぜひ受けてくださいまし。七代目の判断は正しゅうございますよ」

「買い被《かぶ》りじゃな」

「七代目の後釜《あとがま》を狙っているのはいくらでもおりましょう。ですがね、そんな連中に吉原会所を任せたら、七代目と神守様が築いてこられた会所はがたがたになります、間違いないですよ。わっしは神守様が七代目の跡継ぎとして八代目におなりになるのが相応しいと思います」

と言い切り、

「有難く聞いておこう」

と幹次郎が返答したとき、政吉の猪牙舟は山谷堀《さんやぼり》に入っていた。

「遅い出勤ではないか」

と大門《おおもん》前に仁王《におう》立《だ》ちした同心《どうしん》村崎《むらさき》季光《としみつ》が吉原会所の金次《きんじ》らを怒鳴りつけている

様子で、不機嫌な顔を幹次郎に向けて言い放った。

すでに昼見世が始まっていた。

「ちと野暮用《やぼよう》がございましてな、かような刻限になり申した」

「野暮用じゃと。そなた、吉原会所の仕事をなんと心得ておる。遊びではあるまい、なにがしか給金を得ているのならばその分働け」

ちえっ
と金次が舌打ちをした。

「なんだ、金次。わしの忠言に文句があるか。昼見世とは申せ、もそっと大門の出入りを厳しくせよと言うておるのが不満か。それとも面番所隠密廻《めんばんしょおんみつまわ》り同心のわしの言うことが聞けぬか」

金次がなにか抗弁《こうべん》しかけたのを幹次郎が止め、

「村崎どのの申されること、一々ごもっともにござる。金次には会所にて言い聞かせますで、大門での叱責《しっせき》はそれくらいにしてくだされ。面番所隠密廻り同心どのが怒りを露《あら》わにしておると、客方が怯《おび》えてもいけません」

「なに、わしの声はそれほど大きかったか」

「はい。五十間道の中ほどから聞こえました」

「そうか、それほど響きおったか」

当人は大声がどことなく自慢げだった。

つい先日、廓内で掏摸《すり》を働いた吉祥天《きっしょうてん》の助五郎《すけごろう》とちょろ松《まつ》というふたりを澄乃《すみの》が捕《つか》まえた。ふたりは押込み強盗赤城《あかぎ》の十右衛門《じゅうえもん》一味の下働きだったのだが、村崎同心が脇から奪い面番所に強引に連れていった。村崎同心は大番屋《おおばんや》送りにする船からふたりを一味に奪い返され、あまつさえなぶり殺しにされた上に、大川の首尾《しゅび》ノ松《まつ》近くの中洲《なかす》に放置されるという大失態を犯していた。

もはや南町奉行所では隠密廻り同心の村崎季光を吉原面番所から辞《じ》させて無役《むやく》とする考えであった。

そんな村崎を救ったのは幹次郎だった。

赤城の十右衛門一味に罠《わな》を仕掛けるために村崎がわざと失態をしてみせたという筋書きを考え、中山道筋《なかせんどうすじ》から江戸に流れ込んできた一味を一網打尽《いちもうだじん》にして、村崎の手柄として読売《よみうり》にも派手に書かせたのだ。そんなわけで村崎の首がなんとかつながった矢先だった。

どうやら当人はすでに己の大失態を忘れ、赤城の十右衛門一味を捕まえたのは自分ひとりと思い込んでいる気配だった。

幹次郎は金次らを遠ざけた上で村崎同心を見た。

「なんだ、そのほう、わしにひと言ありそうな面《つら》だな」

「いえ、さようなことはございませんぞ」

「であろうな。なにしろこの村崎季光、あの押込み強盗一味を捕まえた立役者だからな」

幹次郎は笑みの顔で頷いた。

「な、なんだ、言いたいことがあるならばこの村崎季光に直《じか》に申せ」

「村崎季光どのの大手柄は吉祥天の助五郎とちょろ松の掏摸騒ぎが切っ掛けでございましたな。あのふたりを捕まえたのはだれでございますな」

幹次郎が小声で囁《ささや》いた。

「あ、あの一件は」

と村崎が狼狽《ろうばい》した。

「その上悪人とは申せ、助五郎とちょろ松ふたりの命が奪われましたな。そのことをお忘れなきよう面番所の御用を務められることでございますよ」

「わ、分かった」

と言った村崎が面番所に向かいかけ、身を翻《ひるがえ》して幹次郎のもとへ戻ってきた。

「本日、吉原会所に五丁町の名主が集まっておるのを承知か」

小声で囁いた。

「おや、本日でしたか、うっかりと忘れておりました」

「忘れたとな。裏同心とは申せ、大事な集いの折りに野暮用じゃと」

「相すまぬことでした」

「気が緩《ゆる》んでおらぬか。わしのことより己の身を正せ。よいか、集いの途中でな、駒宮楼の六左衛門がひとり憤然《ふんぜん》として会所を出ていきおったぞ。大事が起こったのではないか」

段々と村崎同心の声がせり上がっていった。

「駒宮楼の主がな、なにがございましたかな」

幹次郎は村崎同心の言葉で、駒宮楼が七代目の隠居に絡《から》んで幹次郎の八代目就任に激しく反発したことを察した。

「そのあと、六人の名主たちが仲之町に姿を見せたが、だれもがえらく深刻な顔をしてな、今にも火を噴きそうな名主もいたな」

と言葉を続けた村崎同心が、

「まさかそなたが吉原会所を追い出されるという話ではあるまいな」

「さような風聞がございますか」

「この廓内はな、金子《きんす》が動く、ゆえにだれがなにを考えているか知れぬところだ。わしが長年御用を務めてこられたのも各所に心配りしておるからだぞ。そなたも安閑《あんかん》としておると路頭に迷うことになるぞ」

と大声で言い放った。

「ご忠言有難くお聞き致す」

と応じた幹次郎はゆっくりと吉原会所に向かった。

会所には小頭《こがしら》の長吉《ちようきち》と澄乃がいた。

「神守様、また村崎同心からなんぞ言われましたか。今泣いた烏《からす》がもう笑う、というのは村崎同心のことですかね。何日か前は青菜に塩の面だったのによ。だれに助けられたか、忘れてやがる」

「長吉どの、そう辛辣《しんらつ》な言葉は会所内だけにせよ」

「へえ、承知でさ。しかし、恩人に向かってなんて言いぐさだ」

「そこがあの同心どののよきところよ」

と言った幹次郎は澄乃に、

「しばし待ってくれぬか。あとで見廻りに参ろう」

と言うと四郎兵衛の座敷へと通った。

「村崎様に捉《つか》まりましたか」

「はい。駒宮楼の主が憤然として会所を出ていったと耳打ちしてくれました」

「その言葉で五丁町の名主の集いの雰囲気が摑《つか》めましたかな」

「およそは」

「反対派の急先鋒《きゅうせんぽう》が駒宮楼六左衛門ということですよ。反対派が三人おられますがな、ふたりは時を置けばこちらの考えに賛意を示されましょう。まあ、予想された反応でございましたよ」

と四郎兵衛が応じて、

「慌《あわ》てることもございません」

と言い足した。

「駒宮楼には七代目の後釜の心当たりがあるのでございましょうか」

幹次郎が訊いた。

「あるともないとも言えませんな。次の集いには私の後釜の名を挙げてくるのはたしかです。それで己が吉原会所の後ろ盾にでもなる心算でございましょうな」

幹次郎は頷いた。

「七代目、ちとお話が」

「後釜の一件ですかな」

「いえ、川向こうの病人の話でございます」

幹次郎は今朝方柘榴《ざくろ》の家に使いがあって桑平雪の容態が悪化したとの知らせを受け、汀女と麻を伴《ともな》い、小梅村を訪ねた経緯《いきさつ》と結果を告げた。

「なんと、雪さまの病状が急変されたか」

「御典医の桂川甫周先生ももはや手に負えぬとの言葉にございました」

「八丁堀《はっちょうぼり》の医師の診立《みた》てでは余命数年と言われたようですが、桂川先生の診断ではそれほど厳しゅうございますか。なんとか年を越して春の花の季節を迎えさせたいものですな」

四郎兵衛がしみじみと言った。

「小梅村には麻が残り、牡丹屋の政吉船頭も待機させておきました。なんぞあれば政吉どのから連絡《つなぎ》が入りましょう」

「神守様、私になんぞできることがございますかな」

「七代目、もはやお雪どのの天命に縋《すが》るしかございますまい」

と告げた幹次郎が刀を手にした。すると四郎兵衛が、

「駒宮楼の身辺に探りを入れるかどうか」

と自問するように言った。

「いえ、今はようございましょう。事を焦《あせ》ると拗《こじ》らせることになりましょう。動くのは駒宮楼が先とみました。それにこのことはだれぞに命じるわけにはいきますまい」

「ですな」

と応じた四郎兵衛が、

「神守様、なんぞ他に話があったのではございませんか」

「ございました。されど七代目にご相談申し上げるのはお雪どのの容態がはっきりとしたあとに致します」

幹次郎の返答に四郎兵衛が頷いた。

三

幹次郎は、澄乃と遠助《とおすけ》を連れて昼見世の終わった廓内を見廻りに出た。まずはゆったりと仲之町を水道尻へと目指す。何日かぶりの澄乃との廓廻りだ。

「神守様の悩みは未《いま》だ続いておりますか」

と澄乃が訊いた。

「それがしの悩みか、そう容易《たやす》く目処《めど》が立つものではない。その上にそれがし自身ではないが、新たに別の懸念が加わった。この吉原会所に勤める以上、悩みが果てることはあるまい」

澄乃が幹次郎をちらりと横目で見た。

「神守様はお優しいんです。他人様《ひとさま》の悩みまで引き受けておいでです」

「そなた、それがしの迷いに察しがつくか」

「察しがつくほど容易いものではないと申されました」

「一本取られたな」

と応じた幹次郎は、

「新たな懸念では、そなたの力を借りるかもしれぬ。廓の外のことなのだ。もう数日待ってくれぬか」

「はい」

と返事をした澄乃が嬉《うれ》しそうに微笑《ほほえ》んだ。

「信用していただけるのですね」

「澄乃、そなたのことは出会いのときから信頼しておる。ただな、人の生き死にに関わることだ。当分、この一件、そなたの胸に秘めておいてくれぬか」

「分かりました」

と澄乃が応じたとき、水道尻に差しかかっていた。

すると番太《ばんた》の新之助《しんのすけ》が火の番小屋の腰高障子《こしだかしょうじ》を外して障子紙を破り取り、桟《さん》を水洗いして新しい障子紙を張り直そうとしていた。

「正月の仕度かな」

「おや、神守様に澄乃さんか、遠助までいっしょかえ」

新之助が幹次郎らを振り返った。

「赤城の十右衛門の一件では世話になったな、七代目がなんぞそなたに褒美《ほうび》をと申されていた」

「その言葉だけで十分です。なにしろ面番所のどなた様かが手柄を独り占めですからね。ここにいるだれもが下働きに終わったんです。わっしだけ褒美なんて面《めん》喰《く》らいますよ」

新之助が笑った。

「すまぬな。あのお方の変わり身の早さには驚かされるばかりだ」

と応じた幹次郎に、

「桜季《さくらぎ》さんが日に日に明るさを取り戻していかれるのが分かりますよ。高尾太夫《たかおだゆう》の花魁道中《おいらんどうちゅう》を見ておりますとね」

と新之助が嬉しそうな顔で言った。

「そうか、桜季は元気になったか」

「神守様でなければできない大技でしたね」

「それはそうよ、どなた様かと違い、自らの命を張って事を行う覚悟ですもの」

新之助の言葉に澄乃が応じた。

「今年もあれこれあった。新之助、松平定信《まつだいらさだのぶ》様のご改革が続くかぎり廓内でも思わぬ騒ぎが繰り返されよう。その折りは手を貸してくれ」

「神守様、わっしでよければいつなりとも」

新之助が破顔《はがん》した。

幹次郎は京町一丁目の三浦屋の大籬をちらりと見て開運稲荷《かいうんいなり》に足を向けた。

澄乃と新之助が小声で短く言葉をかけ合い、澄乃が追いついてきた。ふたりは心を許し合った間柄のようだ、と幹次郎は改めて思った。

幹次郎は開運稲荷に足を止めて拝礼した。

その折り、開運稲荷がきれいに掃除《そうじ》されているのを目に留めた。

「どなたの仕事か分かりますか」

澄乃が幹次郎に尋ねた。

「桜季かな」

「それと初音姐《はつねねえ》さん、いえ、おいつさんとふたりで掃除をしておられます」

「おいつはすでに三浦屋に引っ越したか」

「はい。帰り新参と新参のおふたりが三浦屋で頑張っておいでです」

「あとで三浦屋を覗《のぞ》いていこうか」

幹次郎は言うと改めて開運稲荷に一揖《いちゆう》して西河岸へと歩を進めた。

師走もう押し詰まっていて、局見世《つぼねみせ》も正月の仕度がなっていた。

「おや、神守の旦那の見廻りかえ。もう桜季さんも初音姐さんもいないがね」

と局見世の一軒から声がかかった。

「ふたりがいようといまいとそなたらがおる以上見廻りは続く。迷惑かな」

「迷惑ね、わちきもこの西河岸から救い出してくれませんかね、神守の旦那」

「そうなるとよいな、気をつけておこう」

と言いながら幹次郎は奥へと進んだ。

遠助が西河岸の一角、初音の局見世だった一軒の前で足を止めた。

「わたしゃ、わんころりんは嫌いだよ、さっさと行きな」

新たな局見世の主が言った。その言葉が分かったか、遠助が幹次郎と澄乃のところによろよろと歩いてきた。

「深川《ふかがわ》の櫓下《やぐらした》から吉原に移ってきたみなみさんですよ。局見世の朋輩《ほうばい》とも合わぬようです」

「そうか、深川から浅草に住み替えたか」

幹次郎は澄乃の情報通ぶりにはいつも驚かされた。

ふたりは揚屋町の木戸を横目に通り過ぎて蜘蛛道《くもみち》に入った。

遠助が両人の前を歩いていく。どこへ行くのか承知していた。

天女池《てんにょいけ》に出た遠助が、野地蔵《のじぞう》を桜季の姿を捜すように見た。

「遠助ったら、未だ桜季さんが西河岸からいなくなったのが不思議でしょうがないようです」

「三浦屋に戻ったことが分からぬ様子か」

「どうもそのようです」

「お六《ろく》地蔵の前で桜季と抱き合って慰《なぐさ》め合っていたからな、ここにいると遠助が思い込んでいたとしても不思議はない。よし、遠助、あとでな、三浦屋の裏口から見世の中を覗かせてやろう。三浦屋ならば邪険《じゃけん》にはするまい」

と幹次郎は言いながら、野地蔵に手を合わせ、雪が頑張って生き抜いてくれることを願った。

遠助はふたりを残して豆腐屋山屋《やまや》のある蜘蛛道に入っていった。

「天女池におらぬゆえ山屋にいると思うたかのう」

幹次郎と澄乃が遠助を追って蜘蛛道に入った。すると遠助は山屋の前で、奉公《ほうこう》人の勝造《かつぞう》の手からおからをもらって食べていた。

「山屋に桜季さんがいないことを遠助は承知しておりましょうね」

と勝造が幹次郎に訊いた。

「ただ今も局見世で立ち止まって、初音のあとに新たに入った女郎に、犬は嫌いだと言われたばかりだ。まだ初音姐さんと桜季の匂いが残っているからかのう」

「どうかな」

勝造が首を傾《かし》げた。

「桜季が働いておらぬことに慣れたかな」

幹次郎が勝造に訊いた。

「慣れました、と答えたいが神守様、わっしには桜季さんと働いた日々は、夢のようでさ、懐《なつ》かしいですよ」

「夢か、覚《さ》めてしまえば現《うつつ》が待ち受けておる」

「分かってはいても寂《さび》しいや」

主の文六《ぶんろく》が出てきて、

「こら、勝造、と怒鳴りつけたいが、わっしもかかあも同じ気持ちでさあ。あとは桜季さんが五丁町で大きな花を咲かせてくれるのを楽しみにしていましょうかな」

「親方、そうなったらそうなったで、手が届かない花魁の桜季さんだ。うちにいたなんてやっぱり夢だったな」

と男同士が言い合った。

「うちの男どもったら、ひとりは娘が嫁に行って悲しんでいる親父《おやじ》、もうひとりはなんだい、大好きな妹が奉公にでも出て会えなくなった兄さんかね、いつまでもこうやって嘆き合っておりますのさ。神守様、ふたりにしっかりしろと気合を入れてやってくれませんかね」

と言うおなつもどことなく寂しげだった。

「短い間だったが身内同様の娘がひとりいなくなったのだ、寂しくて当然だな」

「神守様なら三浦屋さんに訪ねていかれますよね」

勝造が尋ね、

「これからおいつさんの様子を見に行こうと思うておる」

と幹次郎が答えると、

「ならばよ、桜季さんに宜《よろ》しく伝えてくれませんか」

と勝造が言った。

「勝造、それはどうかな。出戻りの新造に会所の裏同心が気安く声をかけるのは遠慮しておいたほうがよかろう。おいつ姐さんに伝えておこう」

と応じると、

「遠助、参るぞ」

と幹次郎は声をかけ、遠助が歩き出した。

「廓内の表五丁町と蜘蛛道では世間がまるで違いますね」

「そういうことだ。夢を売る遊女たちとその暮らしを支える蜘蛛道の住人では、違って当たり前だ」

「神守様、私たちはどちらの側の者ですか」

と澄乃が尋ねた。

「正体のない陰の者かのう」

「人でもありませぬか」

「そうとでも考えねば、生きてはいけぬ」

幹次郎らは遠助を追って別の蜘蛛道に向かうと揚屋町に出た。さらに揚屋町から京町一丁目へと結ばれた蜘蛛道に遠助は姿を消していく。

「通い慣れておるのう」

遠助に従うといつの間にか大籬三浦屋の裏口に辿《たど》りついていた。

戸を澄乃が引き開けると台所で遣手《やりて》のおかね、番頭《ばんとう》新造の青木《あおき》、そして、初音からいつと本名に戻った三人がなにごとか話し合っていた。

「お邪魔かのう」

幹次郎が声をかけるとおかねが、

「神守の旦那が裏口から顔を出すときは、どっきりするよ。旦那は帳場《ちょうば》だよ」

「いや、連れがおる。おいつさんがこちらに代わったというので様子を見に参ったただけだ」

と幹次郎が言いながら、澄乃を入れた。

「おや、遠助もいっしょかい」

おいつがなんとなく三浦屋に馴染《なじ》んだ声音《こわね》で言った。すると遠助がのっそりと三浦屋の土間に入ってきた。

「おかねどの、遠助というくらいだ、牡犬《おすいぬ》じゃがもはや年寄りだ。台所の土間に入れてよいかのう」

「年寄り犬に牡も牝《めす》もなかろうじゃないか。遠助は、うちと会所が親しいことを承知でね、時々台所に姿を見せるよ」

とおかねが言った。

おいつが遠助に袖《そで》から駄菓子を出してやった。

「おいつさんや、山屋でおからをもらってきたばかりだ、あまりやらんでくれぬか」

「分かってますよ、神守の旦那」

とおいつが答え、番頭新造の青木が、

「神守の旦那がおいつさんをうちの楼に入れてくれたんでね、わたしゃ、思いがけなくも明日に吉原を出ることになりました。吉原会所に今晩にもお礼に行こうと思っていたところですよ」

と言った。

「礼はそれがしのほうからなす話だ。楼ごとに習《なら》わしも違おう。そなたの後釜がおいつさんに直ぐに務まるとは思えぬ。おかねさんの申すことを聞いてな、おいつさん、三浦屋の仕来《しき》たりに慣れなされ」

と幹次郎が言うと、おかねが、

「神守の旦那、おいつさんのことまで案じていたんでは髷《まげ》が結えなくなるくらい禿《は》げるよ。おいつさんはもはや青木さんの務めは呑み込みなさったよ。案じなさんな」

と言った。

「なに、もはや仕事を呑み込んだか」

「おいつさんは吉原でめしを食った年季が違うよ」

「そうか、そうであったな」

と幹次郎はひと安心した。それにしては初音時代より、おいつの顔も体も十歳ほど若く見えた。化粧のせいか、と幹次郎は思った。

いや、麻も吉原にいたときよりも柘榴の家でのほうが五つほど若く見える。きっと吉原の遊女はそれだけ心と体に負担がかかっているのだろう。

「それよりうちの旦那が神守様の来るのを待っておられるよ」

とおかねが言った。

「さようか、ならば帳場に上がらせてもらおう」

幹次郎はその場を澄乃に任せて佐伯則重《さえきのりしげ》を腰から抜くと、帳場へと向かった。

すると大広間で部屋持ちではない新造や禿《かむろ》たちが化粧をし合っていた。その中に桜季の姿を認めたが互いに素知らぬ顔で通り過ぎた。

「三浦屋様、神守にございます」

と廊下から声をかけた。

「おお、神守様か、お入りなされ」

との声に障子を開くと長火鉢の前で三浦屋四郎左衛門が文《ふみ》を書いていた。

「おかねさんより御用とお聞き致しました」

「御用というほどの話ではございません。本日、五丁町の名主方の集いがございましたが、七代目からお聞きになりましたかな」

「はい、ざっと様子は聞かせてもらいましたが、七代目もそれがしもまず予測されたところと考えました。この話の目処が立つには一年や二年はかかりましょう。七代目も、反対のお方がだれか分かっただけでもよしとすべしと思うておられましょう」

幹次郎の言葉を聞いた四郎左衛門が大きく頷くと、

「とはいえ、なにごとも機会を逸《いっ》すると沙汰止《さたや》みになりますでな、その辺りが難しい。まさか江戸町一丁目の駒宮楼があぁ強固に反対するとは、私、考えておりませんでした。四郎兵衛さんはどうするおつもりですかな」

「次の集いには駒宮楼さんが八代目の候補を挙げてこようと申されました。それがしはそれまでなにもせずに相手の出方を待ったほうが宜しかろうとお答え致しました」

しばし四郎左衛門は沈黙した。

「神守幹次郎様の対抗馬などいるはずもない、それは駒宮楼とて重々承知と思いましたがな。どのような御仁の名を挙げられるか」

と言った。

表情には、なんとなく当てがあるようにも幹次郎には思えた。

「駒宮楼六左衛門様には倅どのがおられますな」

幹次郎が突っ込んでみた。

「駒宮楼には男兄弟と娘の三人の子がおりましたがな、次男を五十間道の外茶屋に養子に出しました直後、楼を継ぐはずの長男が幼くして流行《はや》り病で亡くなりました。そんなわけで、駒宮楼では次男を楼に連れ戻そうと画策したそうですが、猫の子じゃあるまいし、養家の外茶屋に断わられたそうで、そのせいですかな、近ごろでは養子に出た次男は飲む打つ買うと遊び始めて、養家もあのとき、実家の駒宮楼に帰しておけばよかったと嘆いておられるとか。そんな次男です。駒宮楼が遊び人の次男を会所の八代目にとはいくらなんでも言い出しますまい」

と言った四郎左衛門が、

「ただしひとつ懸念があるとしたら、娘のお美津《みつ》さんが嫁に行った先が、直参旗《じきさんはた》本《もと》二百三十石《こく》、御目見《おめみえ》ですが無役、小普請組《こぶしんぐみ》淀野孟太郎《よどのもうたろう》様と申されるお方で、内証《ないしょう》の具合は決してようはございませぬ。駒宮楼から援助がだいぶ流れておるとの話です。ゆえに駒宮楼はお美津さんの相手の婿どの辺りを廓に引き入れてのちに、八代目にしようと考えておるのではございませんかな」

「直参旗本が八代目となると、こちらもそれがし同様に廓者ではございませんな」

「ございません。ですが、お美津さんは廓生まれでございますから、夫婦して吉原に戻ってくるならば、と駒宮楼は考えておるのではありませんかな」

「直参旗本を潰すということですか」

「いえ、孟太郎様には部屋住みの弟善次郎《ぜんじろう》様がおられます。こちらを父親の跡継ぎにして、孟太郎様が駒宮楼の婿養子に入るというくらいの策は考えておりましょう」

うむ、と幹次郎は考えた。

「四郎左衛門様、直参旗本の当主が嫁の実家に戻り、官許の遊里の駒宮楼を継ぐのはいくらなんでも至難の企《くわだ》てではございませんか」

「まず真っ当にいけば難しゅうございましょうな。直参旗本の当主淀野孟太郎と美津の小普請組夫婦の内証はかなり逼迫《ひっぱく》しています。背に腹は替えられない状態とみました。それに抜け道はないこともない。然《しか》るべき筋に駒宮楼から用立ててもらった金子をばらまけば、次男の善次郎が兄の孟太郎の跡目を継ぐことは叶いましょう。これで兄の孟太郎は刀を捨てて、駒宮楼の稼《かせ》ぎを選ぶ。一方の直参旗本淀野家も弟が継いで安泰《あんたい》というわけです」

「そのことを四郎兵衛様にお話しになりましたか」

「本日は他の名主方と会所を出ましたで、話をする暇《いとま》はございませんでした」

「四郎左衛門様、お尋ねしてようございますか」

「この一件なればなんなりと」

「駒宮楼の内々に詳《くわ》しゅうございますね、お調べになりましたか」

「神守様がこの吉原に関わりを持つ以前にお美津さんをわが倅の嫁にとの話がございました。そんなわけで私は駒宮楼の内情をひそかに調べさせましたがな、駒宮楼と考え方が合うとは思いませんし、倅も嫌がりましたでな、この話は沙汰止みになりました。そんなわけで駒宮楼がうちに対してよい感情は持ってないことを承知しております」

幹次郎は、四郎左衛門の倅将一郎《しょういちろう》が三浦屋の根岸《ねぎし》別邸に住まいして、いつなりとも四郎左衛門の跡を継げるよう控えていることを四郎兵衛から聞かされていた。

「相分かりました」

「神守様、お美津さんは悪い娘ではございませんでしたが、稼いだ先の淀野孟太郎様は、鹿島新当流《かしましんとうりゅう》の達人とか、宴席で駒宮楼が自慢するのを聞いたことがございます。私が知ることのすべてでございます」

四郎左衛門は幹次郎に七代目四郎兵衛に伝えよと言外に告げていた。

「承知致しました」

と幹次郎は答えた。

四

夜見世《よみせ》が始まった。

幹次郎と澄乃が遠助を連れて吉原会所の前まで来る間に、餅つきの音が五丁町のあちらこちらに響いて、正月が近いことを教えてくれた。

師走も押し詰まった吉原に客は少なかった。

仲之町の待合《まちあい》ノ辻《つじ》付近にも客はいなかった。ほぼ在所《ざいしょ》から出てきた素見《ひやかし》ばかりだ。

吉原は師走二十日を過ぎると張見世《はりみせ》も休みだ。

遊女たちは年末年始に客への無心をしようと、また、大晦日《おおみそか》の仕舞い客、年始の初買いの客の足をなんとか吉原に向けさせようと、手習い塾の師匠汀女に教えられた文言を連《つら》ねた文を認《したた》めるのに昼見世の間から忙しかった。

折りから面番所の村崎同心が若い隠密廻り同心藤原等八郎《ふじわらとうはちろう》を伴い、大門を出ようとしていた。

藤原同心が幹次郎の視線を避けるように顔を背《そむ》けた。過日、村崎同心の代わりに面番所隠密廻り同心に就き、

「村崎どのはもはや面番所に戻ってこぬ。あのような生ぬるいやり方ではもはや通用せんでな」

と幹次郎に居丈高《いたけだか》に言い放った同心だった。

「村崎どの、ご同輩にござるか」

「こやつか、未だひよっ子同心じゃ。神守どの、廓内のことはなにも知らぬ。こやつに廓内の習わしなどを一から教えてくれぬか」

「おや、吉原のことはなにもご存じございませぬか。たしか村崎同心が不在の折りは、向後、それがしが面番所を率《ひき》いると申されたように記憶しておりますがな」

「な、なに、こやつがわしを差し置いて面番所を率いると申したか」

村崎が若い同心に怒りの眼差《まなざ》しを向けた。

「おい、わしが思案した策で押込み強盗一味を見事捕まえた折り、表面上はわしが失態を犯し、謹慎《きんしん》しているように見せかけたことを知らずして、わしに取って代わろうなどと考えおったか。そのほうが面番所を率いるなど十年、いや、二十

年早いわ」

いきり立って怒鳴り上げた。

「あ、あれはじょ、冗談でございましてな。神守様がまさか真《ま》に受けられようとは考えもしませんでした」

狼狽しながらも必死で言い訳した。

「裏同心どのを甘くみると、そのほうなど南町の帳付《ちょうつ》け見習いに戻されようぞ。分かったか」

村崎同心がここぞとばかりにまた若い同心を怒鳴り上げた。

「村崎どの、いかにもそれがしも冗談を真に受けたのかもしれません。その辺でお許しくだされ。やはり官許の遊里吉原の大門前に村崎季光様がおられるとおられぬでは、吉原会所の若い者の緊張も違いますでな」

「であろうが。それにしても面番所といい吉原会所といい、若い連中の思い上がりも甚《はなは》だしいぞ。神守どの、われらは引き上げるがあとは宜しく頼む」

と馬鹿《ばか》丁寧に幹次郎に願った。

「承知致しました。お気をつけて八丁堀にお帰りくだされ」

おお、と応じた村崎がしょぼんとした若い同心を引き連れて大門を出たが、不意になんぞ思い出したか、幹次郎のもとへ戻ってきて小声で尋ねた。

「おい、このところ桑平市松の姿を見かけんがどうしておるな」

「さあてな、桑平どのは南町奉行所の定町廻《じょうまちまわ》り同心ではございませんか、村崎どののほうが動静はご存じでしょう。それがしはこのところお目にかかっておりませぬ。廓と違い、世間では年末年始、掏摸かっぱらい、押込み強盗、火つけと多忙なのではありませんかな」

「いや、違うな。あやつ、妙な動きをしておるぞ。おい、女房の病が進んだのではないか」

村崎同心は同輩の動静に妙な勘を働かせた。

「村崎どのは、いつぞや桑平どののご新造《しんぞ》が伊香保《いかほ》へ湯治《とうじ》に行かれておると申されませんでしたかな。年末年始はあちらで過ごされるのではございませんか。となると桑平どのも伊香保に参られたか」

「馬鹿を抜かせ。この師走の最中《さなか》、南町奉行所の定町廻り同心が湯治などに行けるものか」

「行けませぬか」

「そのほう、ひよっ子同心の前で言うたほど世間を、町奉行所を知らぬな。さようなことはありえぬ。このところ、あやつ、わしと異なり手柄を上げておらんでな、奉行以下、上役《うわやく》の評判もよくないわ」

と村崎同心が胸を張った。

「おや、村崎同心どのは手柄を上げられましたかな」

「そのほう、赤城の十右衛門一味を捕縛したのがだれか、もう忘れおったか」

と懐《ふところ》から大事に仕舞っていたらしい読売を出して幹次郎に突き出した。

「この読売を読めと神守幹次郎に申されますかな、村崎どの」

うむ、と村崎が幹次郎の顔を見て、相手がだれか気づいたようで、

「まあ、よい。来年もな、宜しく頼むぞ」

と取って付けたような言葉を述べ、五十間道に待たせていた若い同心のところへ急ぎ戻った。

「不思議なお方ですね、村崎季光様は」

ふたりの問答をひそかに聞いていた澄乃が言った。

「吉原会所にとって面番所の村崎どのは貴重な人材じゃでな、生かさず殺さず上手に使うことが肝心じゃ」

「神守様、まるで七代目の言葉のようですね」

「おお、ついうっかりと七代目の口調を陰働きの身のそれがしが真似てしまった。澄乃、聞かなかったことにしてくれぬか」

と言った幹次郎と澄乃は会所に戻った。

するとすでに遠助が会所の土間の奥にいて、夕刻のエサをゆっくりと食していた。

「神守様、柘榴の家からおあきさんが使いに見えて、麻様がお戻りとか。大門で張り番をしている金次にそう言い残していったそうですぜ。加門《かもん》麻様は、どこぞに行かれておりましたかな」

と小頭の長吉が言った。

「正月の買い物にでも出かけていたのではないか」

と誤魔化《ごまか》した幹次郎は四郎兵衛の座敷に通りながら、

(どうやらお雪どのは小康《しょうこう》状態で命を永らえているな)

と思った。

四郎兵衛は考えごとをしていた。そのようなとき、火がついていない煙管を弄《もてあそ》ぶ癖があった。

「神守様、見廻りに行かれましたか」

「はい」

と応じた幹次郎は三浦屋に立ち寄り四郎左衛門から聞いた、駒宮楼六左衛門に関する話を告げた。

「ほう、お美津さんの婿どのを駒宮楼の養子に迎える所存と四郎左衛門さんはみられましたか」

「七代目は、お美津さんの嫁入り先の淀野孟太郎様をご存じですか」

「祝言《しゅうげん》に呼ばれましたで顔は覚えております」

四郎兵衛の口調から、好意を抱いているとは思えなかった。

「歳はいくつでしょうかな」

「祝言が六、七年前でしたか。三十六、七でしょうかな」

「直参旗本小普請組を実弟に譲り、吉原に夫婦で出戻られますか」

「そのくらいのことを駒宮楼は考えておるかもしれませぬな。まあ、そうなったときはその折り、考えましょうかな」

「この一件は、一、二年は要すつもりでかかるしかございますまい」

幹次郎の言葉に首肯《しゅこう》した四郎兵衛が、

「なんぞお考えがございますかな、神守様」

と言った。

「未だ思いつきの段階にございますが、七代目、それがしの話を聞いていただけますか」

「お聞きしましょう」

「遊女の前身は白拍子《しらびようし》と聞いております。白拍子は神のために歌い、踊る技芸の持ち主で、京の帝直々《みかどじきじき》に特権を与えられた存在であったとか。一例として、大嘗祭《だいじようさい》の五節《ごせち》の舞いの主役を務めたそうです。同時に白拍子は、遊行女婦《うかれめ》と称した遊女であったとか」

「ほう、これはまた思いがけないお話になりましたな」

「他人様《ひとさま》よりの受け売りとお考えくだされ」

と幹次郎は言い訳すると、

「官許の遊里吉原の前身は元《もと》吉原、さらにその元を辿れば、京の島原遊郭《しまばらゆうかく》に行きつくそうな」

「いかにもさようです。京町一、二丁目、江戸町一、二丁目、角町と五丁町のあり様は京の島原を模《も》したものと言われております。一例を取ればこの吉原は未だ京間《きようま》にて色里が造られておりますな」

と四郎兵衛が言い、

「神守様、いささか迂遠《うえん》な言い方にございますな」

と催促《さいそく》した。

「もし京がこの吉原の基《もとい》であるとするならば、それがし、しばらく江戸を離れ、京に滞在して遊び方を学んではいけませぬか」

「ほう、意外なことを考えられましたな」

「八代目を選ぶにはそれがしが居《お》るよりも居らぬほうが都合がよいかなと思いつきました。七代目、この件、いかがお考えですか」

四郎兵衛が瞑目《めいもく》し、長い沈思《ちんし》に入った。そして、口を開いた。

「驚きましたな、この吉原に京の新たなる遊び方を加えることを考えられましたか。温故知新《おんこちしん》、故《ふる》きを温《たず》ね、新しきを知る、以《もっ》て師《し》と為《な》るべし、京を見られるのは吉原会所八代目を前提にしてのことですな」

「むろんのことでございます」

「この話、どなたかに申されましたか」

「いえ、七代目に話を聞いてもらい、了解を得られねばだれにも話さぬつもり、この話はなしでございます」

「どれほど吉原を留守になされますな」

「それがしが許されて京にて学ぶには最低一年でしょうか」

「つまり、その一年余の間に八代目を神守幹次郎様に決めよと私に申されますかな」

「七代目、駒宮楼の出方を見た上で、なんぞそれがしがなすべきことがあるならば、それを果たした上で京に発《た》ちとうございます」

「いいでしょう。京は一見《いちげん》の者が訪ねて直ぐに心を開いてくれる町ではございませんでな。じゃが、官許遊里の前身、京には私どもの知り合いがございます。そのお方に私が書状を認めて出しておきます」

「有難うございます」

と答えた幹次郎に、

「神守幹次郎様のいない吉原会所はいささか不安ではあります。されど長い目で見たら神守様が京で学ぶのは吉原にとって大変よいことです」

と四郎兵衛が言い切った。

「じゃが、神守様が京の島原に遊里見物に行くとなると、この吉原で知られてはいささか厄介《やっかい》が生じましょう」

「はい。故《ゆえ》にそれがし、故郷の豊後竹田《ぶんごたけた》を訪ねるというわけにはいきませぬか。この吉原会所に旧藩である岡《おか》藩の上役が訪ねてきたのも事実、また復藩の話が出たのも四郎兵衛様はご存じでございますね。正月明けには江戸藩邸を訪ねてみようかと思います」

「この吉原で、復藩と取られませぬかな」

「未だ汀女にも麻にも話しておりませぬが、身内を残していけばさような話にはなりますまい。旧藩に面倒が生じ、それがしが呼ばれて助勢に行くなど理由はなにか付けられましょう」

「汀女先生も麻様も柘榴の家に残していかれますか」

「そのほうがよくはございませぬか」

幹次郎の問いに四郎兵衛がしばし瞑黙した。

「さあて汀女先生と麻様がなんと申されるか。おふたりに話された上でこのことは決めましょうかな」

幹次郎は四郎兵衛に話したことで吉原会所の八代目になる肚《はら》が固まった。

その夜、囲炉裏端《いろりばた》でいつものように汀女と麻と膳《ぜん》を前にした。

おあきはすでに自分の三畳間に下がり、三人の傍《かたわ》らには猫の黒介《くろすけ》と仔犬の地《じ》蔵《ぞう》がいた。

酒が注《つ》がれ、三人で杯《はい》に口をつけたあと、

「姉様《あねさま》、麻、ちと厄介な話がある」

と前置きして幹次郎が話を始めた。

長い話になったが、ふたりは黙って聞いていた。話が終わったとき、汀女が沈黙したまま、幹次郎の空《から》の杯に酒を満たした。

「吉原会所八代目に就くことを決断なされましたか」

「姉様、さだめには逆《さか》らえぬ。そのことをわれら、妻仇討の十年にわたる逃亡暮らしに学ばなかったか。われら、吉原会所に命を助けられた。次はわれらが四郎兵衛様の願いを聞き入れるときではなかろうか」

汀女が幹次郎の顔を見ながら首を横にゆっくりと振った。

「幹どのは、幾たびも命を張って吉原会所のために働かれました。もはや吉原に借りはございますまい」

「姉様、吉原との関わりを捨てて、われらなにかなすべきことがあるかな」

「ございません。これほど居心地のよい暮らしは他にございますまい」

汀女の言葉に麻が大きく頷いた。

「それがしが吉原会所頭取に就くことに反対かな、姉様」

「いえ、幹どのの他にただ今の吉原には、いえ、この江戸には七代目の跡継ぎに相応しい、さような人材はおりますまい。ただ」

「ただ、なんぞ異見があるか、姉様」

「幹どの、京にはおひとりで行かれるおつもりか」

「姉様、麻と身内三人で行ければよいが、それがし、京の地にこれから遊里を学びに行くのだ。ふたりを連れてはいけまい。それにこの柘榴の家がおあきひとりになるではないか」

汀女が残っていた杯の酒をゆっくりと呑み干した。

「幹どの、柘榴の家には私が残り、留守を務めましょう」

「はい、私も」

と麻が言った。すると汀女の眼差しが幹次郎から加門麻に向けられ、

「そなたは幹どのに従い、京に参られるのです」

「えっ」

「姉上」

とふたりが驚きの声を発した。

「麻、聞きなされ。そなたは伊勢亀の先代のご厚意で勝手次第の身になりました。なれど次なる働きを見つけてはおられません。そなたは京に行き、これからの後《こう》半生《はんせい》になにをなすべきか学ぶ気はございませぬか。京は王城《おうじょう》の地です、幹どのが官許の吉原に新たなるなにを付け加えるのか一緒に学ぶもよし、また反対に遊里以外のなにかを京で見つけるもよし。そなたの見識と体験があれば、必ずや京は、そなたに新たなる知恵を授けてくれましょう」

と汀女が言い切った。

幹次郎も麻も長いこと瞑黙した。

「姉様の申すこと一理ある。あとは麻次第だ」

麻が汀女を見た。

「姉上、麻はただ今のままで十分に幸せにございます」

「ならば柘榴の家に残りなさるか」

「その折りは姉上が幹どのに従われますか」

「麻、それとこれとは別のことです。そなたでなければ、京で学ぶことはできません。それに私には、料理茶屋山口巴屋の女将《おかみ》の務めと、廓内でそなたの後輩たちに教える手習い塾の仕事がございます。玉藻様は懐妊しておられます、引手茶屋《ひきてぢゃ》屋《や》の務めだけでも大変でしょう」

汀女が懇々と麻に言い聞かせた。

「幹どのといっしょに京への修業旅ですか」

「さようです」

と麻の呟きに汀女がはっきりと返事をした。

そのとき、囲炉裏端に眠っていた仔犬の地蔵が幼い声で吠え始め、黒介も起き上がると身構えた。

「どなたかのう」

と言いつつ、幹次郎は玄関に向かい、心張棒《しんばりぼう》を手に門へと向かった。すると桑平市松の小者庸三が、

「神守様、ご新造様が、雪様が」

と言葉を詰まらせた。幹次郎は閂《かんぬき》を抜くと門を開いた。

「まさか身罷られたのではなかろうな」

「は、はい」

「よし、それがしも参る。しばし家の中で待て、それがしが身仕度するまで火で

体を温めていよ」

と命じた。

(なんという年の瀬か)

と幹次郎は思いながら玄関へ小者を案内した。

第二章　雪の弔《とむら》い

一

神守幹次郎は綿入《わたいれ》を着込み、首筋に麻の絹地《きぬじ》の布を巻いて寒さを防ぎ、屋根船に乗って隅田川を斜めに突っ切るように源森川へと入っていった。

小梅村で病を癒《いや》していた桑平雪が身罷ったと知らされた幹次郎は、そのことをすぐさま汀女と麻に告げた。

ふたりは言葉をなくしてしばし茫然自失《ぼうぜんじしつ》していたが、

「私どもも参りましょうか」

と汀女が言った。

「姉様、桑平どのの言葉にはないが、今宵じゅうに八丁堀にお雪どのをお運びすることになろう、と思う。吉原会所七代目頭取の隠居所で病を癒していたなどと知られたくないでな、噂が流れるだけでも、桑平どのも吉原会所も厄介な立場に追い込まれよう」

汀女は頷いたが、麻は幹次郎の言葉がよく呑み込めないようだった。

「ともかくそれがしが参って八丁堀へ運ぶかどうか桑平どのの意向を聞き、そなたらの手が要《い》るかどうかを知らせる」

とふたりに告げた。

汀女が幹次郎に頷き、

「お願い致します、幹どの」

と返事をして幹次郎を柘榴の家から送り出したのだ。

小梅村に七代目頭取が隠居所として用意した小体な家に桑平市松と雪の実家の身内、桑平家の男衆《おとこし》と小女《こおんな》がいて全員が茫然としていた。

「桑平どの、今晩じゅうにお雪どのを八丁堀に移されるか」

幹次郎がまずそのことを訊いた。

桑平が頷き、

「桂川甫周先生が最前姿を見せられて、雪はこの半年わが屋敷の診療所で療養していたと八丁堀に申されよ、と告げていかれた」

甫周の言葉に従うのがこの際一番よいと幹次郎は理解し、

「桑平どの、桂川先生の配慮を受け入れるがよかろう」

「八丁堀の同心風情の女房が御典医の屋敷で療養するなどこれまであるわけもなし、これからも金輪際《こんりんざい》あるまい」

「だが、この家が吉原会所の七代目頭取の隠居所と知られては桑平どのの向後に差し支えが生じよう。桂川先生のところにいたのは、それがしが一枚噛んでの節介であったというのがまず無難でなかろうか」

「桂川先生もそう申された。会所の裏同心どのとわしは昵懇《じっこん》ゆえさようなことに相なったと告げるほうがよいとな」

「それがしもそう思う。ならばいささか急じゃが夜明け前までにお雪どのを八丁堀に移そうではないか」

「ちと相談がある」

と桑平が深刻な顔で言った。

「なんだな」

「雪の最後の願いだ。墓は小梅村の真盛寺《しんせいじ》にしてほしいというのだ」

「お雪どのの実家の菩提寺《ぼだいじ》か」

「そうだ、真盛寺がよいというより八丁堀の与力《よりき》同心が埋葬される墓には眠りたくないというのだ」

「そなたはどう考える」

「わしは雪の気持ちを大事にしたい」

「ならば、真盛寺の和尚《おしよう》に話を通しておけばよかろう。ただしお雪どのの身はいったん八丁堀に帰さずば事が済むまいな」

桑平が頷き、幹次郎との間で雪の遺骸《いがい》を八丁堀の屋敷に移し、のちに小梅村に戻して真盛寺で通夜《つや》と弔いをなすことが決まった。

堀に舫われた屋根船に慌ただしく雪が移された。そこには桂川の高弟《こうてい》井戸川《いどがわ》利拓《としひろ》が乗っていて、

「神守様、八丁堀まで私が同行します」

と言ってくれた。

桑平は桑平家の男衆と小女を隠居所に残し、掃除をさせるという。

幹次郎はさようなことは明日隣家の中次郎《ちゆうじろう》に頼めばよいと言ったが、桑平は、

「いや、わしの願いを聞き入れてくれぬか。吉原会所頭取の隠居所で御典医桂川

先生の治療を受けてあの世に旅立ったなど、八丁堀の同心の女房ができるものか。神守どの、そなたがおったゆえにかような贅沢な最期が過ごせたのだ。せめて立つ鳥跡を濁さずくらいのことはしたい」

と言い張り、桑平家の奉公人ふたりと雪の実家の者たちが隠居所の掃除をなすことになった。

桑平市松は四郎兵衛の隠居所に残る男衆に、夜が明けたら、真盛寺の住職に雪が亡くなったことを告げ、八丁堀の桑平宅を訪ねて枕経《まくらぎよう》をあげてくれと願えと命じた。その後、寺で通夜と弔いをなしたいとも言えと付け加えた。

雪の亡骸《なきがら》の枕辺には中次郎が線香を用意して火を点《とも》してくれた。

桑平が雪の手を握り、幹次郎と井戸川利拓が控えて、屋根船が源森川から隅田川の流れに出た。

「桑平どの、倅どのふたりはお雪どのの実家におられるか」

幹次郎は六歳の長男勢助《せいすけ》と四歳の次男延次郎《のぶじろう》のことを質した。

「明朝、舅《しゆうと》と姑《しゆうとめ》が倅ふたりを八丁堀に連れてくることになっておる」

と応じた桑平市松が、

「こたびは神守どのと桂川先生と御門弟衆に世話になった。雪もな、皆様方の親切に感謝しつつ笑みの顔で身罷った。礼を申す」

と改めて頭を下げた。

「桑平どの、それがしとそなたの間柄じゃ。これまで互いの命を助けたり、助けられたりしてきたのだ。だれにも文句は言わせぬ。礼など無用じゃ」

桑平が無言で頷いたが、両目が潤《うる》んでいた。

「神守どの、わしと雪の馴《な》れ初《そ》めを承知か」

と不意に桑平が言った。

「知らぬ。これまで聞いたこともなかったな」

「大した馴れ初めとも言えぬが、雪が十五の折り、朋輩ふたりと浅草寺《せんそうじ》にお参りに来たのだ。その折り、浅草寺界隈《かいわい》を縄張りにしておるやくざ者が三人に目をつけてな、甘言《かんげん》を弄《ろう》してどこぞに連れていこうとしていた。朋輩ふたりは、なんとなく誘いに乗りそうであったが、雪は頑《かたく》なに拒んでおった。そこでやくざ者が脅《おど》し文句を並べ始めたので、わしが出ていき、そやつらを追い払い、小者に小梅村まで送らせた。それで知ったが、雪は偶然にもわが桑平家に女衆《おんなし》として昔奉公しておったお清《きよ》の娘であったのだ。そんなこともあって、わしが浅草寺界隈を見廻りに歩いておると雪が牡丹《ぼたん》の花を手にわしを待っておった。過日の礼というのだ。それがふたりの馴れ初めでな、三年後に八丁堀の上役や同輩の反対を押し切って夫婦《めおと》になったのだ」

八丁堀の与力同心は、南と北に拘《かか》わらず奉行所奉公の倅や娘同士が夫婦になることが多かった。そのほうがあれこれと便利だからだ。だが、雪は武家方でもなく小梅村の小作人の娘だ。桑平と雪の組み合わせは異例であったことを幹次郎は承知していた。だが、さような馴れ初めと偶然があったことを初めて知った。

「桑平どの、よいお話じゃな」

幹次郎が微笑んだ。

「わしのような町奉行所同心には勿体《もったい》ない女子《おなご》であった」

と桑平市松が呟き、

「お雪どのも同じ想いでそなたの言葉を聞いておられよう」

と幹次郎が応じた。

八つ半（午前三時）過ぎに八丁堀の桑平の同心屋敷に雪の亡骸が運び込まれ、座敷に横たえられた。行灯《あんどん》の灯りに雪の白い顔が微笑んでいることを幹次郎は見ていた。

枕元に線香が立てられ、桑平市松は雪の傍らで経を唱えていた。

明《あ》け六《む》つ（午前六時）、桑平は幹次郎、井戸川とともに八丁堀の上役のもとへ雪の死を報告に行った。すると内与力《うち》の蒲田三喜三郎《かまたみきさぶろう》が姿を見せ、神守幹次郎を見て、

「そなたは吉原会所の者だな」

と質した。

「蒲田様、それがし、言い忘れておりました。御典医桂川甫周先生の診療所に口利きしてくれたのは吉原会所の神守幹次郎どのです。町奉行の一同心の女房が御典医の診療所で治療を受けるなど滅相《めっそう》もないことですが、神守どのと桂川先生は昵懇なのです。こたびにかぎり過分な配慮を受けることになりました」

「桑平、伊香保に療治に行ったというのは虚言《きよげん》か」

「蒲田様、雪はすでに伊香保など行ける体ではございませんでした。また最前申した理由で、とても桂川先生の診療所に雪がおるなど申し上げられませんでした。虚言を弄したことをお許しください」

と桑平が詫《わ》び、桂川の一番弟子井戸川が、

「蒲田様、この数月、診療所で療養されておりましたが、私どもの力足りず昨夜

身罷られたのでございます。もしご不審あらばわが師、桂川甫周にお尋ねくださされ」

と桑平の言葉を裏づける証言をした。

「なんとのう、吉原会所の裏同心どのは凄腕《すごうで》と聞いたが、さようなことまでしてのけるか」

と蒲田が彼らの言葉を信じたかどうかは分からぬが、こう返答をした。

そうこうするうちに天台律宗天羅山真盛寺《てんだいりつしゆうてんらざん》の住職清永盛源《きよながせいげん》が姿を見せて、枕経を上げ、話を聞きつけて集まってきた八丁堀の与力同心が雪への別れを告げた。

そんな中に村崎季光がいて幹次郎の姿を見つけると手招きした。

「なんでそなたがかような場所におる」

「ちと曰《いわ》くがございましてな」

「そのほう、八丁堀にまで手を伸ばしおるか」

「曰くがあると申しましたぞ」

「桑平の女房は伊香保に湯治に行っていたのではないのか」

「あれは方便でございましてな、さる知り合いの医師のところで静養しておられたお雪どのの見舞いに参り、偶然にも身罷られたときに行き合わせ、八丁堀の実家に亡骸を運ぶ手伝いをし、ことのついでに同行したのでございますよ」

「わしが以前そなたに告げたことは真実であったか」

と残念そうな顔をした。

「八丁堀の医師が余命数年と診断しておるわ。他の医師に願うなど余計なことをなしたものよ」

「そうは思いませんが」

「だれだ、そなたの知り合いの医師というのは」

「言わねばなりませぬか」

「そなたの知り合いはへぼ医者か」

「さあ、へぼ医者かどうか知りません。桑平どのの気持ちを察してお節介を致しました」

「そなたが口利きした医師はだれだ」

と村崎同心が念押しして訊いた。

「お雪どのが身罷られた今となってはもはやそのことはようございましょう。いずれお分かりになります」

「八丁堀の医師が信用できず別の医師の治療を願った。医師の診察代はどうした」

「さあて、それがし、費《つい》えまで存じませぬ」

ふうっ
と大きな息を吐き、

「そのほうと桑平はよほど昵懇の付き合いをなしておるようだな」

「毎日会うような村崎どのほどの付き合いはございませんな。こたびの場合、お雪どのに少しでも長生きしてほしいとの桑平どのの気持ちを酌《く》んで節介を焼いたまでにござる。そなた様のご新造が病にかかった折りは、お望みであればそれがしの知り合いのお医師どのをご紹介申しますぞ」

「わしの女房は当分死にそうにないわ。それにしても桑平は費えをよう出せたな」

村崎同心はいつものように最後は金の話に落ちた。

この朝、幹次郎はいったん柘榴の家に戻り、聖天横町《しょうでんよこちょう》の湯屋に朝風呂に行った。むろん汀女も麻も幹次郎の帰りを待っていたので事情を告げた。

「通夜と弔いは小梅村のお寺さんですか」

「源森川から横川《よこかわ》に入り、南に五丁《ちよう》（約五百四十五メートル）も行ったところにある寺じゃそうな。姉様、通夜に出るのは無理であろうな」

「料理茶屋がございますで無理ですね。でも明日の弔いは出席致します。今宵の通夜は麻と行かれませぬか」

「麻、出てくれるか」

「幹どのは亭主どのの桑平様と親しい間柄、出させてもらいます」

と麻があっさりと答えた。

「ともかく幹どのは夜明かしの身、今宵も通夜です。湯屋に参られてさっぱりして少しお休みなされ」

汀女に言われて湯屋に来たところだ。かかり湯を使い、柘榴口《ざくろぐち》を潜《くぐ》ると身代《みが》わりの左吉《さきち》がひとりゆったりと湯船に浸《つ》かっていた。

「おや、左吉どのか、御用かな」

「神守様は今日明日、御用どころではございますまい」

「承知でしたか」

「桑平同心のご新造がお亡くなりになったそうな」

左吉は早耳だった。

「そうなのだ、今宵が通夜、明日が弔いだ」

「神守様は手広うございますな。南町の定町廻り同心の女房の病まで面倒をみられますか」

「行きがかりでしてね」

「そう聞いておきますか」

「左吉どのの御用は急ぎではございませんので」

「一日二日を急ぐものではございません。第一わっしの用事ではございませんでな」

「と申されますと」

「神守幹次郎様に関わる話でございましてな」

「ほう、それがしに関わる話がございましたかな」

「元吉原新地《しんち》、玄冶店《げんやだな》に小体な料理茶屋がございます。昨夕のことですよ。吉原の妓楼の主と直参旗本然とした武家の組み合わせに、ちとこちらの胸になんとのう触れるものがございましてな、その茶屋は知らないところではなし、店に上がりましてな、衝立《ついたて》越しにふたり組の隣に座を占めたと思いなせえ。妓楼の主の口から神守幹次郎様の名が出て参りましたのさ」

「ほう」

「もはやお分かりでしょうな」

「妓楼の主は江戸町一丁目の駒宮楼六左衛門」

「やはり覚えがございましたか。相手の武家方は未だ正体が摑めません。ただ、武家方が六左衛門を『舅どの』と呼びましてな」

「分かりました」

と幹次郎が答えた。

どうやら駒宮楼は怒りに任せて急ぎ動いた気配だ。それが偶然にも身代わりの左吉の目に留まったというわけだろう。

「左吉どの、ふたりの話はすべて聞かれましたか」

「肝心なところは抜けております。ふたりは途中から潜《ひそ》み音《ね》になりましてな、はっきりと言えることは、神守様を殺すか、殺さないまでも生涯身動きつかない程度の大怪我を負わせよ、と『舅』が『婿どの』に命じたことですよ」

「相分かりました」

幹次郎の返答に頷いた左吉が、

「なんとも忙《せわ》しい神守幹次郎様だ」

と言った。

「そうですね、この一件が無事に済んだらそれがし、しばらく江戸を離れようと思います。ですが、差し当たって今晩の通夜と明日の弔いを無事に済ませたいものです」

「神守様、身はひとつですぜ」

「それはお互い様です」

「わっしは時折り小伝馬町《こでんまちょう》の『別邸』に休養に入りますんでね」

身代わりの左吉の仕事は、分限者《ぶげんしゃ》や富豪の大店《おおだな》の主が触《ふ》れに反した折りに、身代わりに牢屋敷《ろうやしき》に入るというものだ。

この場合、殺し、押込み強盗などの重大犯罪ではない。経済事犯で十日から数月程度牢屋敷に入る身の身代わりをなして金を稼ぐのだ。むろん然るべき筋には、相当の分限者からそれなりの金子が渡っていた。

左吉は牢屋敷に入ることを「休養」と言った。

「神守様、『婿どの』の動きを調べますかえ」

幹次郎はしばし考えた上で、

「願いましょう。相手は直参旗本二百三十石小普請組淀野孟太郎です。残念ながら屋敷がどこか分かりません」

「それだけ知れれば十分でさあ」

「左吉どの、直ぐには手付け金は支払えませんよ」

幹次郎の言葉に、
にやり
と笑った左吉が、

「出世払いで結構でさあ」

と言った。

その瞬間、ふたりが話した内容を左吉はすべて承知だと幹次郎は思った。

湯屋から柘榴の家に戻ると、汀女はもはや浅草並木町の料理茶屋山口巴屋に出かけていた。

「幹どの、朝餉《あさげ》はまだでございましょう」

と麻がおあきに手伝わせて朝餉の膳を用意した。鮭《さけ》の焼き物に大根おろし、野菜の煮つけに豆腐と若布《わかめ》の味噌汁だった。

給仕《きゅうじ》をする麻が、

「お雪様はおいくつですか」

「桑平どのが十五のお雪どのを助けたことが付き合いの切っ掛け、おそらく桑平どのと八つ九つは歳の差があろう。二十五、六かのう」

「なんと女盛りにございます。幼いお子をふたり残して身罷られるのはさぞ無念でございましょうね」

「死に顔は微笑んでおられた」

「私には、麻にはできません」

「それでよい」

と応じた幹次郎は黙々と朝餉を食した。

二

黒紋付《くろもんつき》の羽織袴《はおりはかま》姿の幹次郎は昼九つ（正午）の刻限、大門を潜り、四郎兵衛と会うことにした。すでに桑平雪の死は七代目に伝えてあった。そして、隠居所から雪の亡骸が運び出され、八丁堀にいったん戻ったことも幹次郎は知らせていた。

大門を潜ったとき、村崎季光同心と顔を合わせたが、村崎はひと言も幹次郎に

話しかけなかった。幹次郎も会釈《えしゃく》だけして会所に入り、仙右衛門も澄乃もいたが、

「まず七代目に会《お》うてくる」

と言い残すと、いつもの座敷に通った。そこには四郎兵衛と玉藻がいた。なにか言いかけた幹次郎に、

「ご苦労でございましたな」

と四郎兵衛が言った。

「四郎兵衛様、お雪どのは微笑みの顔で彼岸《ひがん》に旅立ちました」

「幼い子をふたり残して、なんてことが」

と玉藻が漏らした。

頷き返した幹次郎は、

「お雪どのの願いで、通夜と弔いは小梅村の実家の菩提寺真盛寺にて執り行われることが決まりました。八丁堀にてお雪どのの身が浄《きよ》められ、いま一度大川を遡《さかのぼ》って小梅村に戻ります」

「神守様は通夜には出られますな」

「もしお許しをいただければ、今宵の通夜には麻といっしょに出るつもりです。

汀女は明日の弔いに出たいと申しております」

幹次郎の言葉に四郎兵衛が頷き、玉藻が、

「私も通夜か弔いに出たい」

と願った。

「桑原雪どのの一件は極秘であれば、四郎兵衛様も玉藻様もご出席にならないほうが宜しくはございませんか。桑平どのはそれがしと付き合いがあったということで、おふたりの分もお別れを申し上げて参ります。この件いかがでございましょう」

「そのほうが宜しいかと存じます。神守様、今日一日、桑平様の傍らに控えておやりなされ」

と四郎兵衛も願った。

「事が落ち着いた折り、然るべきときに桑平様にお悔やみを申し上げますでな」

「お心遣い有難うございます。おそらく桑平どのも七代目には挨拶したいでしょうからな」

幹次郎の言葉に、

「神守様ったらどこまでお優しいの」

と玉藻が両目を潤ませた。

「世間には知られていませんが、桑平どのとは幾たびもともに生死の修羅場《しゅらば》を潜った間柄です」

「それもこれも吉原会所の御用でしょ」

「はい、いかにもさようです。されどそんなことが重なると南町奉行所定町廻り同心、吉原会所の陰の身と身分や職階は別にして、心から信頼できる関わりが生じるものです」

「面番所の村崎同心との関わりとは大違いよね」

玉藻の言葉に幹次郎はただ小さく頷いた。

「七代目にこたびの一件で手を差し伸べていただいたこと、神守幹次郎、生涯忘れることはございません」

「そなた様の無償の行いに比べて、この四郎兵衛のやったことなど些細《ささい》なものです。本日、私の代理ならば政吉船頭の船を使いなされ。これは吉原会所の命《めい》にございます」

四郎兵衛の言葉に改めて頭を下げた幹次郎は、奥座敷から辞去した。

会所にいた仙右衛門らに南町奉行所定町廻り同心桑平市松の妻、雪の病の経過とその死を搔《か》い摘《つま》んで話した。

黙って幹次郎の話を聞いた番方が、

「神守幹次郎って御仁は南町の定町廻り同心のご新造にまで己の身を粉《こ》にしてと
ことん尽くしなさるか。おれにはできねえ」

と漏らした。

「すまなかったな。この一件、皆に話せんで」

「詫びることがどこにありますす。本日は廓のことはわっしらに任せてくだせえ」

四郎兵衛と同じことを言った。その上で、

「だれか神守の旦那につけようか。なにかあってもいけねえや」

「気持ちは有難い。麻と汀女が通夜と弔いに別々に出てくれると言うておる」

「ならば澄乃、おめえが神守様に一日従って、なんぞあれば働け」

と仙右衛門が澄乃に命じた。

しばし考えた幹次郎は、

「番方の気持ちをお受けしよう」

と応じた。

かくて澄乃を従えた幹次郎は、会所を出ると大門へと向かった。すると村崎同心が幹次郎を待ち受けていた。

「そなた、わしが承知以上に桑平市松と親しい交わりをしておるな」

このところ口にする言葉をまた繰り返して質した。

「村崎どの、あくまで南町奉行所と会所の付き合いの中で生じたことでござる」

「それならばこの面番所のわしと肚を割った付き合いをなしておるか」

と切《き》り口上《こうじょう》で言った。

「村崎どの、それがし、廓内と廓の外の付き合いを区別しただけです。それだけのことです。本日は失礼させてもらいますぞ」

「いや、待て。そなた、いつから桑平雪が病だと承知していた」

「村崎どの、お雪どのは昨日身罷られました。お雪どのが病にかかったことをそれがしがいつ知ったかなど大した話ではございますまい」

「いや、桑平雪の病の治療を御典医の桂川甫周様がなしたそうではないか。われら、城中の輩《やから》に不浄役人《ふじょうやくにん》と蔑《さげす》まれる町奉行所の同心だぞ。さような身分の桑平市松の女房の病を御典医が診るなどありうるか。そのほうの指金《さしがね》ではないのか」

だれから聞いたか、村崎同心が驚きの表情で詰問《きつもん》した。

幹次郎はしばし間を置いた。

「村崎どの、それがしが口を利いたか利かぬか、そなたが不浄役人と申されるならば、それがしは面番所の支配下の吉原会所の陰の者にござる。そのことを思案なされればおのずと答えが出ましょう」

村崎がさらになにか言いかけたのを幹次郎が手で制して、

「それがし、本日、虫の居所が悪うございます。これにて失礼致しますぞ」

と言い残し、さっさと五十間道に出ていった。それに澄乃が黙って従った。

「神守幹次郎、この村崎季光をないがしろに致すとどうなるか、あとで痛い目に遭わせようぞ」

という声が幹次郎の背を追いかけてきたが、もはや幹次郎は見向きもせず、なんの反応も示さなかった。

衣紋坂《えもんざか》に差しかかったとき、

「神守様、昨日、私に願うことがあると申されたのは桑平雪様のことでしたか」

「澄乃、村崎同心がお雪どのの病を気にしてあれこれと探り出そうとしておったからな、そう申したが、もはや身罷られた今、この一件に関してそなたへ頼むことはなくなった。されど結局、通夜に付き合わせることになったな」

「神守様は廓の内ばかりか外まであれこれと御用をお持ちです。これからも私ができることならばなんでも申しつけてください」

「その折りは頼もう」

澄乃が嬉しそうに頷いた。

「早速じゃがうちに行き、麻を船宿牡丹屋に連れてきてくれぬか」

「畏《かしこ》まりました」

澄乃が日本堤《にほんづつみ》（通称土手八丁《どてはっちょう》）から寺町《てらまち》の柘榴の家へと向かって軽やかに歩いていった。

山谷堀の船宿牡丹屋では、老練な船頭政吉が屋根船の仕度をして待ち受けていた。助船頭は幹次郎が初めて顔を合わせる若い衆《わかいし》だった。

「神守様、うちで働き始めた冬次郎《とうじろう》でさあ、船頭の年季はそこそこにございますでな、今後とも宜しくお付き合いくだされ」

と紹介し、

「冬次郎、このお方が吉原会所の神守様だ」

と冬次郎を幹次郎に引き合わせた。

「政吉親父、わっしは神守様のことを幾たびか見かけて承知ですよ」

と言い、

「神守様、お付き合いのほど宜しくお願い申します」

と丁寧に挨拶した。

牡丹屋は吉原会所との付き合いが古いだけに妙な履歴《りれき》の船頭を働かせることはなかった。

幹次郎は、この若者とどこで出会ったか、覚えがなかった。まあ、そのうち分かろうと幹次郎は冬次郎のことをいったん忘れた。

「政吉どの、屋根船とはご大層ではないか」

「いえね、通夜の戻りに猪牙舟で隅田川を横切るのは寒うございますよ。通夜と申しても神守様ひとりではございますまい」

「ただ今澄乃が麻を迎えに行っておる」

「でしょう。屋根船に炬燵《こたつ》を入れてございますからな、加門麻様に風邪《ふうじゃ》など引かせられませんや」

と政吉が言ったとき、寒さ除《よ》けの道行衣《みちゆきごろも》を着た麻を澄乃が案内してきた。

「麻、そなたのおかげで屋根船に乗ることになった」

と幹次郎が言い、麻が顔見知りの政吉に、

「宜しゅう願います」

と頼んだ。

ああ、と冬次郎と澄乃が期せずして声を漏らした。

冬次郎は麻を見て、澄乃は冬次郎を見て驚きを漏らしたのだ。

「澄乃、冬次郎を承知か」

「廓内で何度かお目にかかったように思います。いえ、遊びにみえた人には見えませんでした」

「なんと女裏同心に見られておりましたかえ」

と冬次郎が言い、

「そなた、吉原会所と牡丹屋の関わりを承知で牡丹屋に鞍替《くらが》えしたか」

「へえ」

と冬次郎がはっきりと返事をした。

「神守様、こやつの親父は三年前に病で亡くなった船頭の春太郎《はるたろう》でしてね、親父といっしょの船宿で働くのは嫌だと柳橋《やなぎばし》で奉公していましたんで。それがこたび、こやつのほうから牡丹屋に鞍替えを願ってきたんですよ」

「牡丹屋はただの船宿とは違いますさあ。それが死んだ親父の自慢でしたがね、親父のいるうちは近づきになりたくなかったんですよ」

澄乃が会話から事情を察したらしく、

「だから、あなたの関心は廓や茶屋より吉原会所に向けられていたのね」

「まさか女裏同心にこちらの魂胆《こんたん》を見抜かれていたとはな」

と冬次郎がぼやき、

「ですが、野暮天《やぼてん》のわっしでも全盛を極めたお方は直ぐに分かりますさあ」

とちらりと麻を見た。

「冬次郎、勘違いするな。こちらは加門麻様と申されるお方だ。それより早く障子を開けて船に乗ってもらわないか」

と政吉船頭が言い、澄乃と冬次郎に導かれた麻が屋根船に乗り込んだ。すると、「まあ」

と麻の声が幹次郎に届いた。

「麻、政吉船頭がそなたのために炬燵を用意してくれておる」

「政吉さん、有難うございます」

と礼の声を聞いて、五畿内摂津津田近江守助直《ごきないせっつつだおうみのかみすけなお》の一剣を腰から抜いた幹次郎も屋根船に乗り込んだ。

そのとき、なんとなく、

「監視の眼」

を幹次郎は感じ取った。だが、それには気づかぬふりをして障子の内に入った。

「おお、これは極楽じゃな」

「義兄上《あにうえ》、昨晩は徹宵《てっしょう》なされましたな、八丁堀に着くまでにはだいぶ間がございましょう。炬燵に足を差し入れて眠っていかれませぬか」

幹次郎は澄乃を見た。

澄乃は船の入り口に控えていた。

「私はこの場にありて存在せぬ者にございます。神守様、どうか麻様の親切をお受けくださいまし」

と澄乃が淡々とした声音で言った。

「ならば、そうさせてもらおう。正直、いささか眠いでな」

脇差《わきざし》も抜いた幹次郎は、船縁《ふなべり》に背をつけて炬燵の中に足を差し入れた。

「それではじっくりと眠ることができますまい」

と麻が言い、幹次郎の手を取ると自分の膝に頭を載せさせた。

「麻の膝枕で寝よと申すか。極楽も極まれりだな」

「それだけ義兄上は世間のため、雪様のために働いておられます」

幹次郎の鼻孔《びこう》に麻の香りと匂い袋の香りが入り混じって感じられた。

澄乃がなにか麻に話しかけたように思ったが、船に揺られた幹次郎は次の瞬間には眠り込んでいた。そして次に気づいたときには屋根船が動きを止めようとしていた。

「麻、八丁堀に着いたか」

「最前、霊岸橋《れいがんばし》を潜ったそうです」

「なんとそれがしずっとそなたの膝枕で眠り込んでおったか。膝が痛くならなかったか」

「義兄上のための膝です。寝息がなんとも心地よさそうでございました」

「すまぬ」

屋根船には澄乃の姿はなかった。

幹次郎が起き上がろうとすると、不意に麻が幹次郎の顔を両手で抱き、

「現か夢か」

と言った。

「現であってほしいものよ。じゃが、気をたしかに持たぬとな、本日はお雪どの

の通夜じゃからな」

と言った幹次郎が麻の手を解《ほど》き、身形《みなり》を整えた。


南町奉行所定町廻り同心桑平市松の屋敷の玄関前で、桑平市松自ら、弔問《ちょうもん》に訪れた八丁堀与力同心の奥方や女房たちの応対をなしていた。

「おお、神守どのか。おや、麻様も弔問に参られたか」

桑平の声に女たちが加門麻を見た。

かつて吉原の全盛を誇った花魁薄墨《うすずみ》の姿はなく、その代わり女の哀しみを漂わせた加門麻の美形に、八丁堀の女房たちが息を呑んだ。清楚《せいそ》な中のきりりとした美しさが辺りを圧していた。とはいえかつて吉原で花魁薄墨として一世を風靡《ふうび》した事実に対して反感を抱く女たちもいた。

「桑平どの、そなた、お雪どのの傍らに従っておられよ。それがしが弔問を受ける役目をなしてはならぬか」

「おお、神守どのが務めてくれますか」

「それがしでよければ」

と幹次郎が桑平市松と交代した。麻は、

「義兄上、雪様にお別れを申してきとうございます」

と言い残し、奥へと桑平といっしょに消えた。

幹次郎と澄乃が弔問客の応対をなしていると、屋敷の門前に乗物が停まり、八丁堀の桑平邸前に緊張が走った。

南町奉行池田筑後守長恵《いけだちくごのかみながしげ》が弔問に姿を見せたのだ。

幹次郎が澄乃に、

「南町奉行池田様がお出《い》でと主どのに知らせて参れ」

と小声で告げた。

池田が幹次郎の顔を見て一瞬訝《いぶか》しそうな顔をしたが、

「おお、そのほうは吉原会所の神守幹次郎であったな。手伝いに参ったか」

「それがし、ふだんより桑平様の世話になっております。またご同輩方は御用がおありかと存じ、僭越《せんえつ》にも手伝いの真似ごとをさせていただいております」

「そなたの助けを借りておるのは南町であろうが」

「とんでもなきことにございます。お奉行様、どうかお雪どののお顔を」

というところに桑平市松が驚きの顔で姿を見せた。

池田長恵と内与力の蒲田三喜三郎らが桑平の案内で仏間に入った。

短い間ではあったが池田の弔問は、心の通ったものであったようだ。

玄関に戻ってきた池田が、

「神守幹次郎、義妹《いもうと》まで手伝わせておるか。加門麻と名乗られ、それがし、びっくり仰天致したわ」

と麻の姿を見て驚いたようだった。

八丁堀の桑平邸でのお別れは七つ（午後四時）の刻限まで続き、雪の亡骸は船に乗せられて小梅村に戻ることになった。その屋根船には桑平市松に倅の勢助と延次郎のふたり、桑平の上役本村《もとむら》亥八《いはち》、それに奉公人たちが乗り込み、政吉船頭の屋根船には幹次郎、麻、それに澄乃の三人の他に雪の両親の五人が乗り込んだ。師走の日本橋川《にほんばしがわ》から大川へ二艘《そう》の屋根船が静かに遡上《そじょう》していった。

この夜、通夜を終えて幹次郎と麻、そして澄乃の三人が山谷堀の船宿牡丹屋に戻ってきたのは四つ半（午後十一時）の刻限を過ぎていた。

「澄乃、そなたも長屋に戻っても直ぐには眠れまい。われらと一緒に柘榴の家に参り、寝る前にいま一度お雪どのの冥福《めいふく》を祈らぬか」

と幹次郎が誘い、

「宜しゅうございますか」

「そなたにひと働きしてもらいたいことが待ち受けておるでな」

「柘榴の家にでございますか」

と澄乃が首を捻《ひね》った。

三

牡丹屋で借りた提灯《ちょうちん》を澄乃が持ち、三人は待乳山聖天社《まっちやましょうでんしゃ》の南側を抜けて浅草聖天横町の通りに入った。

「神守様」

と澄乃が幹次郎の名を呼んだ。

「分かっておる」

背後からひたひたと尾行してくる足音がしていた。

昼下がり、牡丹屋で屋根船に乗る折りに感じた「監視の眼」の連中が幹次郎らの帰りを待ち受けていたのであろう。

「心当たりがございますので」

「相手がだれかは分からぬが、待ち受けているような気がしておった」

「それで私を柘榴の家に誘われましたか」

「まあ、そんなところだ」

幹次郎と澄乃の問答を麻は黙って聞いていた。麻が柘榴の家の住人になって時折り体験する危難《きなん》だった。だが、麻は神守幹次郎の傍らにいるだけでなんの不安も感じなかった。

「麻様、提灯を持っていただけませんか」

と澄乃が願った。

麻が黙って受け取った。

「ほう、挟まれたか」

幹次郎がいつも世話になる聖天横町の湯屋の通りは九つ（午前零時）を過ぎ、森閑《しんかん》として住人は深い眠りに就いていた。

行く手に待ち受けるのはふたりだった。頭巾《ずきん》を被《かぶ》った武家方がひとりに浪々《ろうろう》の剣術家か。背後のほうは四人、町人がひとりに三人の浪人剣術家という風体《ふうてい》を、幹次郎と澄乃は常夜灯《じょうやとう》のおぼろな灯りで認めた。

幹次郎らは歩みを止めなかった。気になったのは柘榴の家が襲われてはいないかどうかということだった。汀女とおあきのふたりの女に、猫の黒介と仔犬の地蔵しかいなかったからだ。

だが、今は前後の輩に集中することにした。

前方のふたりまで五間《けん》（約九メートル）と近づき、足を止めた。幹次郎が、

「かような刻限、なんぞ御用かな」

と声をかけた。

「神守幹次郎か」

「いわずもがなの問いなど発しますな。明るいうちから見張っておられたのを承知しております」

「驚く風もないか」

幹次郎との会話はすべて頭巾の武家方がなした。

「用件をお聞き致しましょうか」

前方の頭巾が前後を挟んだ者たちの長《おさ》と思い、この武家方を幹次郎は見据えていた。話しぶり、形《なり》、態度から推量してなんとなく正体が摑めた。

「神守幹次郎、いささか増上慢《ぞうじょうまん》が目につく。死んでもらおう」

「それはまた異《い》な言葉ですな。小普請組とは申せ、二百三十石、直参旗本の身分でかような刻限に殺し屋の真似ですかな。いささか不穏当な所業、そなたの名を

口にせぬうちにわれらの前から消えませぬか」

「おのれ」

「舅どのからどう唆《そそのか》されたか知りませぬが、直参旗本のなさる所業ではございませぬぞ」

「許さぬ」

「愚か者が」

頭巾の武家方が鯉口《こいぐち》を切る音がかすかに響いて、前後の連れたちが刀を抜いた。

と幹次郎が吐き捨て、津田近江守助直の鯉口を切った。だが、抜く気は未だなかった。

背後の者を警戒する澄乃が、提灯を持った麻を軒下に導き、

「姿勢を低くしてくださいまし」

と願った。

「不逞《ふてい》の輩の前で座りとうはございません」

と麻が澄乃の言葉に抗《あらが》い、ただ仕舞屋《しもたや》の軒下に身を寄せた。それを確かめた
澄乃が、

「おまえさん方の相手は私ですよ」

三人の浪人剣術家と無頼《ぶらい》の町人に言い放った。

「女のくせにのさばりやがる」

と無頼漢が懐の匕首《あいくち》を抜き出した。

澄乃が素手《すで》と思ったのだろう。

「おやおや、兄さん、当分人前に顔は曝《さら》せませんよ」

澄乃の言葉に、

「許しちゃおけねえ」

と匕首を突き出した無頼漢がいきなり澄乃へ間合を詰めてきた。

澄乃は距離を測りながら帯の下に隠し持っていた麻縄《あさなわ》の端を握ると、
すいっ
と引っ張り抜いた。

麻縄の先には鉄片が巻かれてあった。その鉄片が重《おも》り代わりになって虚空《こくう》にうねり飛ぶと、匕首を構えて突っ込んできた男の鼻っ柱をびしりと叩いた。

げえっ
と呻《うめ》いた無頼漢が足をもつれさせて転がった。

次の瞬間には、澄乃の麻縄の先端がふたりの刀を構えた浪人剣術家の頬《ほお》や顎を次々に襲い、一瞬にしてふたりが戦いから離脱させられた。

「おまえさん、どうするね」

麻の持つ提灯の灯りが三人目の浪人剣術家の戸惑いを浮かび上がらせていた。

「そう竦《すく》んでいたのでは、どなた様からかお鳥目《ちょうもく》が頂戴《ちょうだい》できませんよ」

澄乃が麻縄を夜空に、
びゅん
と音を立てて振ってみせると、浪人剣術家は後ずさって逃げ出した。

戦いの経緯を横目で見ていた幹次郎が、

「お手前方、どうなさるな」

頭巾の男が刀を抜こうとするのを、

「お待ちなされ、それがしがこやつを仕留めます」

とすでに剣を抜いていた浪人どもの頭分《かしらぶん》と思える剣術家がゆっくり八双《はっそう》に構えを取り、幹次郎との間合を詰めてきた。

だが、幹次郎は未だ鯉口を切った助直の柄《つか》に手も掛けていなかった。それを見た相手が一気に生死の境に踏み込んで、八双から剣を振り下ろした。

迅速《じんそく》な刃の動きを見切った幹次郎が後《ご》の先《せん》で応じ、加賀国《かがのくに》で習った眼志流居《がんしりゅうい》合術《あいじゅつ》小早川彦内《こばやかわひこない》仕込みの横霞《よこがすみ》が一瞬早く抜かれて光になり、剣術家の右の脇腹を斬り込んで横手に吹っ飛ばしていた。

頭巾の武家方は無言で立ち竦んでいたが、刀を抜こうとした。だが、幹次郎が動きに乗って間合を詰め、相手の手首の腱《けん》を一気に斬り放っていた。

うっ、
と刀を落とした相手に、

「そなた、淀野孟太郎ではなかったか。ともあれ刀は当分使えまい」

と幹次郎が言い放ち、

「吉原会所はそなたらの手に負えん、覚えておけ」

と小声で言い添えた。

左手で右手を抱えた頭巾の武家方は痛みを堪《こら》えながら茫然自失していた。

「行こうか、麻、澄乃」

と幹次郎は言うと聖天横町の通りに怪我人を放置して柘榴の家に向かった。

「知り合いでございましたか」

澄乃が幹次郎に問うた。

「と思うたが、その輩の関わりの者であったようだな」

「幹どのを知らずして襲おうとしましたか」

麻が尋ねた。

「江戸一の駒宮楼六左衛門の関わりだ」

「えっ、江戸町一丁目の名主が幹どのに刃を向けられますか」

と麻が言い、ふと気づいたように黙り込んだ。

「今宵は座興《ざきょう》じゃ。澄乃、今夜の一件、四郎兵衛様にはそれがしから報告するが、会所の者にはしばらく内緒にしてくれぬか」

「は、はい」

と澄乃が応じたとき、柘榴の家の門前に到着していた。すると黒介の鳴き声がして地蔵が甲高い声で吠えた。

「地蔵め、黒介を真似て番犬の役目をしおるか」

と幹次郎が言ったとき、おあきが玄関から姿を見せた。

「おあき、未だ起きておったか」

「本日は麻様も通夜に参られました。汀女先生が九つまでには戻ってみえようと申されましたので待っておりました」

門が開けられ、おあきが、

「あら、澄乃さんもいっしょだ」

と嬉しそうな声を上げた。

「おあき、うちに異変はないな」

「異変ですか。地蔵が囲炉裏端で汀女先生が帰ってきたのが嬉しくて粗相《そそう》をした

くらいです」

「なに、地蔵が小便をしおったか。仔犬じゃ、その程度は致し方あるまい」

と応じた幹次郎は女ふたりを入れて門を閉ざした。

幹次郎から玄関先で大小を受け取った汀女が、おや、という表情を見せた。血の臭《にお》いにはだれよりも敏感だった。

「なあに。聖天横町で小騒ぎがあっただけだ」

と幹次郎が応じると、汀女が麻と澄乃に眼差しを移して、

「怪我などございませんね」

「姉上、怪我はございませんがやはり表は寒うございます」

と麻が答えた。

「汀女先生、お邪魔します」

澄乃が挨拶し、

「澄乃さんも手伝われましたか」

「大した相手ではございません」

とこちらも平然として答えたものだ。

囲炉裏端には赤々と火が燃えていた。

「少しばかり酒《ささ》を呑まれますか」

「頂戴しよう」

と答えた幹次郎が、

「小梅村の住人たちが主な通夜の客でな、麻と澄乃はお雪どのの残された子ふたりの相手をし、それがしは桑平どのの手伝いをしていたでな、酒は呑んでおらぬ。やはり小さな子を残しての通夜は辛いな。むろんいちばん辛いのは桑平市松どのであろう」

「桑平様は、雪様の傍らから片時も離れられませんでした」

と幹次郎に次いで麻も通夜の様子を語った。

「ならば、燗酒《かんざけ》を呑まれませ」

と手早く汀女とおあきが燗酒の仕度をした。

おあきを含めて五人が囲炉裏端に集い、黒介と地蔵が人と人の間に入り込んで目を瞑《つむ》った。

「お雪どのの冥福を祈って酒を頂戴しようか」

幹次郎の言葉でおあきを除く四人が温《ぬる》めに燗をされた酒をゆっくりと呑んだ。

「町奉行所のお役人を一概《いちがい》に評することはできませんね」

澄乃が杯の酒を半分ほど呑み、呟くように漏らした。

「桑平どのは格別なのだ。八丁堀の役人の中でも情《じょう》と理《り》を承知のお方である。そのせいかのう、八丁堀の与力同心の娘御《むすめご》を嫁にもらわず、己が選んだお雪どのを嫁にされた。それだけにこたびのお雪どのの夭折《ようせつ》は応えておられよう」

「幼いお子ふたり、桑平様おひとりの手でお育てになるのは大変でしょう、姑どのが八丁堀にしばらく同居なされますか」

「姉様、八丁堀は格別なところだ。姑どのは昔桑平家に奉公していたというで少しは役に立とう。桑平どのは、姑どのの助けを借りながら己の手で育てられるのではないか」

と幹次郎は推量を述べた。

四半刻《しはんとき》（三十分）ほど五人は桑平雪のことを話題にして床に就いた。

翌朝、幹次郎は五つ（午前八時）時分に大門を潜り、四郎兵衛と会った。一頻《ひとしき》り通夜の様子を語った幹次郎に、

「桑平様はさぞお力落としでしょうな。なによりお雪さんが心を此岸《しがん》に残して彼岸に旅立たれ、心残りでございましょう」

「昨夜もうちでその話になりました。なんぞ知恵があればよいのですが」

「八丁堀はこの吉原と同じく特殊な世間でございますでな。少し落ち着かれた折りに相談があるようなればお会いしましょうかな」

「桑平どのも七代目にお礼を申したいと言っておられました」

「ならば廓の外、そうじゃ、並木町の料理茶屋でな、神守様といっしょにお会いしましょうか」

「お願い申します」

と応じた幹次郎が、昨夜の聖天横町での待ち伏せ騒ぎを告げた。

「なんですと、駒宮楼は、早《はや》さような真似を致しましたか」

「駒宮楼の関わりであることはたしかです。ただ、頭巾で顔を隠した武家方を駒宮楼の婿、直参旗本の淀野孟太郎とそれがし、勘違いしております。ですが、手応えのなさから申して別人でございますな。小普請組仲間か、あるいは鹿島新

当流の道場の朋輩か、いずれにしても淀野当人ではございませんでした」

しばし沈思した四郎兵衛が、座敷に番方の仙右衛門を呼び、通夜の様子と騒ぎを説明した。

「桑平の旦那のご新造様の一件はわっしらではどうにもなりませんや。こればかりは神守の旦那に任せるしかない。だけど、駒宮楼は江戸一の名主でしょうが。吉原会所を、いやさ、神守幹次郎を甘くみて動きましたな。七代目、どうしましょうか」

「駒宮楼が動いたのはたしかでしょう。だが、万が一ということもある。次に動いたら、もはや駒宮楼は名主を辞め、妓楼も潰れることになる。まずはお手並み拝見、どう次の手を打ってくるか、待ちましょうか」

「七代目、駒宮楼が自滅するのは致し方ございませんや。神守様がいない夜間は柘榴の家にうちのだれかを泊まらせませぬか」

「昨夜は、澄乃が泊まったそうだ。当分、夜は柘榴の家に澄乃を泊まらせるのはどうだ」

「それがようございます」

四郎兵衛と仙右衛門の間で話が成り、幹次郎は有難く受け入れた。

「それにしても神守様の家は段々と女ばかりが増えますな」

と番方が感心した。

幹次郎はいったん柘榴の家に戻り、汀女を伴い、政吉船頭の猪牙舟で横川沿いの小梅村真盛寺に雪の弔いに行った。

さすがに本日は八丁堀から与力同心の姿があって、小梅村の住人といっしょに弔いに参列した。

弔いが無事に終わったとき、幹次郎は同心のひとりに、

「神守幹次郎どのじゃな」

と声をかけられた。

「それがし、桑平の同輩、定町廻り同心伊勢谷喜左衛門《いせやきざえもん》じゃ。日ごろから桑平が世話になっておるそうじゃな。礼を申す」

と丁寧な挨拶を受けた。伊勢谷は桑平より十歳は年上だろう。

「とんでもないことにございます。桑平様に指導を仰《あお》いでおるのはそれがしのほうでございます。若くしてご新造様が身罷られたことを知り、それがしができることはないかと思い、八丁堀の役宅にもお邪魔致しました」

「神守どの、それがし、桑平とは昵懇でな、あやつのよきところも悪《あ》しきところも承知しておるつもりじゃ。桑平が南町奉行所の中で胸中を打ち明けるのは、おそらくそれがしひとり、ゆえにこたびそなたが桑平雪の療養を世話したこともお医師が桂川甫周御典医であったことも死の数日前に聞かされた」

瞑目した幹次郎は、

「重ね重ねの節介にございました。お許しくだされ」

「そなたに詫びてもらう要はない。桑平とそなたが互いに手助けし合い、手柄を立ててきたことも聞かされておる。なにより昨日、南町奉行池田様もそのほうに挨拶されたというではないか。たしかに吉原会所は隠密廻り同心の職分じゃが、廓の外のことになれば、これはまた別のことじゃ。これまで同様、そなたと桑平が力を貸し合うのは世間のためになろう。そのことをな、伝えたかったのだ」

「過分にも有難きお言葉にございます」

「あやつは独り者になったわ。これまで以上にそなたとの交情が深まろうと思う。悩みを聞いてやってくれ」

と言った伊勢谷が遠くからふたりを見守る汀女に黙礼すると、横川に泊めた御用船に向かって山門を出ていった。

「どなた様でございましたか」

「桑平どののご同輩伊勢谷様であった。八丁堀にも話が通じるお方はいるものじゃな」

「さようでしたか」

と汀女もほっとした表情を見せた。

四

それから数日経った大晦日、吉原の各楼に賑《にぎ》やかに狐舞《きつねまい》が押しかけてきて、弥《いや》が上《うえ》にも寛政三年の終わりを告げようとしていた。

神守幹次郎はひとり夜廻りに出た。

吉原の大晦日に客が押しかけてくることは例年通りない。大店であれ、職人衆であれ、まして武家方が官許の遊里で悠然《ゆうぜん》と年を越すなどということはまずありえない。大晦日、どこもが掛け取りに回り、反対に掛け取りから逃げ回って、吉原で時を過ごすなどという御仁は少ないからだ。

ゆえに仲之町にも五丁町にも素見《ひやかし》すらいなかった。

幹次郎は着流しに、豊後竹田を汀女の手を引いて逃げた折りから腰にあった無《む》銘《めい》の刃渡り二尺七寸（約八十二センチ）の豪刀を差し落としてゆったりと歩いていく。その背後に遠助がとぼとぼと従っていた。

澄乃はひそかに柘榴の家に住み込んで女たちを守っていた。

「遠助、そなたにとって何度目の年越しか」

と後ろに声をかけたが老犬が返答をするわけでもない。

幹次郎は、

（年が明けたら、改めて四郎兵衛様と身の振り方を相談しよう）

と思案しながら江戸町一、二丁目の辻に差しかかった。

水道尻を見て右に向かえば、大籬駒宮楼六左衛門の楼があった。大晦日の張見世に遊女たちの姿は見えなかった。

桑平雪の通夜の帰路、聖天横町で駒宮楼と娘婿の淀野孟太郎らに雇われた刺客《しかく》が幹次郎と澄乃に返り討ちにあったにも拘わらず、駒宮楼は知らぬ顔の半兵衛《はんべえ》を貫き通しているように見えた。

「神守様、見廻りですか」

と火の番小屋の新之助が片方だけの松葉杖《まつばづえ》を器用に使って立ち、幹次郎に声をかけてきた。

「大晦日の吉原で年を越す客はいまい」

「それがね、そうでもないんで。除夜《じょや》の鐘《かね》を聞くまで馴染《なじみ》の遊女の所に居すわり、借金を来年に回そうなんて手合いもいないわけじゃございませんよ」

「吉原で遊ぶならその金子を掛け取りに払うという料簡《りょうけん》は持たないか」

「そんな殊勝《しゅしょう》な料簡の客ばかりですと吉原は潰れますぜ」

「全くだ。陰とはいえ、吉原会所関わりの者が言う言葉ではなかったな」

新之助が白い歯を見せて笑った。

「そなたは吉原で初めての年越しであろう。それがしよりずっと廓の大晦日に慣れておるようだ。客として年越しをなした口ではないか」

「奥山《おくやま》の芸人もね、吉原の遊女衆といっしょで新年早々が稼ぎどきでしてね、除夜の鐘を廓で聞くなんてことは許されませんや」

と新之助が言った。

「奥山にもそなたと年越しをしたいなんて女子が引く手数多《あまた》だったのではないか」

「そんな景気のいい話は昔の夢でございますよ」

と苦笑いした新之助が江戸町一丁目の方角を見て、

「神守様は厄介ごとを抱えて年越しですかえ」

と言った。

新之助は格別な情報網を持っているのか、なんとなく駒宮楼が吉原会所と対立していることを察している様子だった。

「新之助、知らぬふりをしておれ。そなたの助けがいる折りはそう伝える」

「分かりました」

と答えた新之助が、

「澄乃さんはどうしてます」

「わが家で年越しだ」

幹次郎の言葉で事情を察したらしく頷いた。

新之助と別れた幹次郎は京町一丁目の角見世《かどみせ》三浦屋の前に立った。張見世には遊女たちの姿はなかった。

その代わり見世の中から笛や太鼓の囃子《はやし》が聞こえてきた。どうやら狐舞が始まったらしい。

幹次郎は蜘蛛道から三浦屋の裏口に出て、戸を開けた。すると白の筒袖《つつそで》衣装に

狐の面を被った狐舞が、

「ご祈禱《きとう》ご祈禱、とんちきちとんちきち」

と新造や禿たちを追い回していた。

そんな中に桜季の姿もあって、笑みの顔で狐舞から逃げ回っていた。狐舞に捕まると妊娠するというので新造も禿も必死だ。

「神守の旦那、今年は世話になったね」

と西河岸から移り住んだおいつが幹次郎に声をかけてきた。

「それはこちらの言うことだ。三浦屋の暮らしに慣れたかな」

「西河岸の局見世女郎だったわたしの言葉をよう新造衆も聞いてくれますよ」

「桜季も慣れたようだな」

「それもこれも神守の旦那のお陰だよ」

「そう聞いておこうか」

と応じたとき、おかねが、

「茶でも飲まないかね」

と狐舞の騒ぎから離れた土間の上《あ》がり框《がまち》に幹次郎とおいつのふたりを招いた。

そこには四斗樽《しとだる》がでんと据えてあって、茶碗に酒を七分ほど竹柄杓《たけびしやく》で注《つ》いだおかねが幹次郎とおいつに渡した。

「茶というから本気にしたが酒か」

「大つごもりの宵ですよ。茶が酒に変わったとて、なんてことはあるまい」

と遣手のおかねも茶碗酒を手にした。

「ご両人、今年も世話になった」

「神守の旦那、それを言うなら私らは旦那に今年も驚かされっ放しだよ」

と言ったおかねが茶碗酒をきゅっと呑んだ。

「頂戴しよう」

幹次郎も口をつけ、おいつも倣《なら》った。おいつの好物は煙草だが酒もいける口らしいと初めて知った。

「おかねさん、わたしゃ、未だ自分が三浦屋にいることが信じられませんのさ」

「ああ、神守の旦那が裏口から気配もなく入ってきたときは、用心に越したことはないがね、といってもひとつとしてこっちの考えが当たったことがない。今年だって、薄墨太夫の落籍《らくせき》から桜季の西河岸落ち、そして、ふたたびうちの楼に連れ戻しなさった。荒業《あらわざ》ぶりにわたしゃ、なんど腰を抜かしたり、怒ったりしたか分からないよ。だけど、結局、神守の旦那の考えどおりに事が落ち着くのさ」

「おかねさん、ついでにわたしもこちらに移り住みました」

「なんでこんなことが許されるのかね、おいつさん」

「わたしも最初は神守の旦那の言葉を疑いましたよ。だけど、こうして河岸見世女郎が三浦屋の奉公人になっている。夢を見ているようだよ」

とおいつが言い、

「神守の旦那、来年はなにをやる気だね」

「おかねさん、考えてできるもんじゃないのさ。この御仁は計算なんぞなしに、その人のことを心から想うて動きなさる」

いつの間に三浦屋の台所に入り込んだか、読売屋の門松屋《かどまつや》壱之助《いちのすけ》が三人に加わった。

「その口ぶりだと、神守の旦那はこの師走になにかやらかしたかえ」

とおかねが茶碗酒を壱之助に渡した。

「ないことはない。だが、こいつは公《おおやけ》にはできないことだ。むろん読売にも書けない」

「と、いうことを神守の旦那はしてのけたか」

「おかねさん、おいつさんが肚に仕舞っているならば話して聞かせよう。だが、廓内のことではないぜ」

　壱之助がちらりと幹次郎を見た。幹次郎は、

（それがしは知らぬ）

　という顔を見せた。

　壱之助は話すかどうか迷った。

「えっ、神守の旦那は廓の外まで親切の手を広げていなさるかね」

　おいつが驚いたように、だれとはなしに尋ねた。

「ああ、この神守の旦那の人助けは廓の内外関わりなしだ」

　と言った壱之助が、南町奉行所同心の妻女の一件を名は告げずに掻い摘んで話した。

　黙って話を聞いたおかねとおいつが、幹次郎の顔を眺めた。

「話半分と言いたいが、読売屋の口車に乗ってはならぬ」

　と幹次郎が言い、

「いや、門松屋は、いい加減な読売屋じゃないよ。わたしゃ、この話、信じるよ」

　とおかねが応じた。

「驚いたね、南町奉行所の弱みまで神守の旦那は摑んでいなさるよ」

「おかねさん、そういうことだ。計算はないだろうが結果的には神守の旦那は南町に貸しを作っていなさる」

「おかねさん、おいつさん、それがしに分が悪い。夜廻りに出よう」

幹次郎は茶碗酒を呑み干すと裏口に向かった。すると壱之助が幹次郎に従ってきた。

蜘蛛道から京町一丁目に出た幹次郎が、

「あのような話をふたりに聞かせて、なにか御用かな」

と門松屋壱之助に訊いた。

「五丁町の名主連がふたつに割れているってね」

「さようか、知らぬな」

「とぼけなくてもようございましょうが」

「知らぬものは知らぬ」

しばし沈黙していた門松屋壱之助が、

「こないだは桑平雪様の通夜でござんしたね」

「最前、そなたがとくとくと、おかねさんとおいつさんに話したではないか」

「船宿牡丹屋で船を下りた神守の旦那は、加門麻様と女裏同心の澄乃さんを従えて柘榴の家に戻られようとした。聖天横町で女連れの旦那は刺客に襲われた。相手は吉原会所の裏同心の旦那の名くらいは聞いたことがあるという程度の輩だ。まして女裏同心の隠し技など知りもせず、愚かにも襲いかかって手ひどい目に遭った。違いますかえ。わっしが直に見ていたわけじゃねえから、間違いなら間違いと言ってください」

幹次郎は、通夜の夜の騒ぎを思い起こして、あの者たち六人の他に目撃していた者はおらぬはずだが、どうして門松屋壱之助が承知かと思案した。

「へえ、当人の他には見ていた者はいねえ。だがよ、散々な目に遭った六人組のひとりは、右手首の腱を斬られていたそうだ。で、ございましょう」

と壱之助が念押しし、

「あの輩、這う這《ほ》うの体《てい》で山之宿町《やまのしゆくまち》の河岸に待たせていた船に転がり込んで、神田川《かんだがわ》の新《あたら》シ橋《ばし》で下りてよ、医者に駆け込んだんでさあ」

と幹次郎の反応を窺《うかが》って語を継いだ。

「今日のことだ。わっしが偶然にも柳橋の船宿柳月《りゆうげつ》に立ち寄ったときさ、知り合いの船頭が、『門松屋、ちょいと間の抜けた話があるんだ。いくらか銭《ぜに》になるかね』と話を聞かせてくれたんだよ」

「そなたの知り合いの船頭は騒ぎを目撃しておったか」

「最前言いましたぜ、当人以外いまのところ騒ぎを見た者はいないってね。じゃどうして船頭が承知かというと、山之宿の河岸から神田川に戻る間に、ひとりだけ交じっていた無頼漢が『話が違い過ぎる』って、手首の腱を斬られた武家方に詰め寄っていたってのさ。『女は妙な麻縄を使いやがるし、吉原会所の裏同心神守なんとかは凄腕じゃないか』などと一頻り負け戦をなぞったってわけだ。そいつをわっしの知り合いの船頭がすべて聞いていた。これで事情は通じたかね」

門松屋壱之助が幹次郎に質した。

「通夜の帰りに襲われたのはたしかだ。だが、あの騒ぎが五丁町の名主方が二派に割れている話にどうつながるな」

「そいつはわっしの調べだ。神守の旦那に手首を斬られた武家は、新シ橋の北側、佐久間町《さくまちよう》四丁目の町道場の門弟竜村大善《たつむらだいぜん》って侍《さむらい》でな、直参旗本淀野なにがしの用人《ようにん》だったよ。新シ橋界隈に怪我の治療ができる医者は、佐久間町三丁目の新垣利庵《あらがきりあん》先生しかいないもんな」

と門松屋壱之助が言い切った。そして、

「これで得心してもらえましたかえ」

「いや、なぜ五丁町の名主七人が二派に分かれたか、説明がないな」

「神守の旦那、言わずもがなだな」

「ほう、言わぬが花というか」

「江戸一の名主、駒宮楼六左衛門の旦那がただ今の七代目に反対ってのは、それなりに廓内では知れたことだ。その上、娘のお美津さんが淀野なにがしの嫁となれば筋が通らないか」

「直参旗本淀野なにがしの用人が手首を斬られたか」

「斬った当人だ、よう承知だ」

「門松屋、この話、どうするつもりだ」

「その辺がね、思案がつかない。第一、なぜ駒宮楼が七代目にこの師走に急に反旗を翻したのか分からぬ。その辺の事情を旦那に訊こうと思ってな」

「それがしも知らぬと答えるしか術《すべ》はない」

「ならば話の持っていきようをこう変えようか。この話、突《つ》いていって、うちにとって得か損か、どうですね」

「それは考えようだな。もしそれがしに忠言があるとしたら、勝ち戦に乗るために気長に流れを見よ。それしか言えぬ」

「気長とは歳月がかかるということですかえ」

「そうじゃな、一年から一年半、とみてもらおう」

「ほう、奢侈《しゃし》禁止のご改革のご時世にさような悠長な話でございますか」

「こたびの話、四郎兵衛様には通しておく」

門松屋壱之助が大きく頷くと、

「神守の旦那、よいお年を願ってますぜ」

と幹次郎から離れていった。

あちらこちらで狐舞の騒ぎが続いていた。

幹次郎はなんとなく山屋に向かう蜘蛛道に入っていった。

山屋では文六と勝造が大掃除の真っ最中だった。

「こちらも仕事仕舞いのようだな」

「神守様か、今年はあれこれと世話になりましたな」

「文六どの、面倒を押しつけたのはそれがしのほうだ。来年も宜しゅうたのむ」

頷いた文六が、

「やっぱり寂しいな」

「桜季は狐舞に追いかけられて逃げ回っておったぞ」

「もううちのことなど忘れていましょうな」

「いや、忘れておらぬゆえ、ああ元気なふりをしているのであろう」

「そうか、そうですか、桜季さんはうちのことを忘れてませんか」

と勝造もしみじみと言った。


幹次郎が夜廻りを終えて吉原会所に戻ったのは、五つ半（午後九時）の刻限だ。いつの間にか会所の板の間にも正月飾りが見られた。

「なんぞあったかえ」

仙右衛門が幹次郎に尋ねた。

「いや、狐舞以外は至って静かじゃな」

「ならば七代目に挨拶して早く柘榴の家に戻りなせえ、こないだは通夜でひと騒ぎだ。大つごもりくらい女衆とのんびり除夜の鐘を聞きなせえ」

頷いた幹次郎は奥に通った。

「番方に早上がりしなせえと言われましたか」

「はい。その前にひとつだけお知らせが」

と前置きした幹次郎は読売屋の門松屋壱之助から聞いた話を報告した。

「なんとまあ杜撰《ずさん》な話ではございませんか」

というのが四郎兵衛の返答だった。

「江戸一の名主の始末は松の内明けに致しましょうかな。まずは柘榴の家にお帰りなされ」

四郎兵衛の許しを得て立ち上がると、玉藻が重箱《じゅうばこ》を包んだと思える風呂敷を持って、

「うちの正三郎が京風の蓬萊《ほうらい》料理を作ったの。汀女先生も作っていると思うけどうちのも添えて」

と差し出した。

蓬萊は、京の朝廷料理の御節供《おせちく》に倣った正月料理で、江戸後期に庶民の間でも流行り始めていた。

「なに、めでたい蓬萊料理がわが家の正月を飾りますか。有難く頂戴致します」

と礼を述べた幹次郎は、

「よいお年をお迎えくだされ。来年の師走はご家内にひとりお増えでございますで、今年がのんびりとした最後の年越しになりましょうな」

と言葉を添え会所を出ると、番方らに見送られて五十間道をゆっくりと歩いていった。

五十間道の外茶屋をはじめ店々も今晩ばかりは通用口を開けて掛け取りが来るのを待っていた。

（さてさて今年も慌ただしい年であったが、来年の大つごもりはどうなっておるか）

思案しながら柘榴の家へと歩を進めた。

寛政三年大晦日の宵には、さすがに吉原へ向かう早駕籠《はやかご》の客の姿は見えなかった。

第三章　柘榴の家の正月

一

柘榴の家に一家全員と澄乃が加わり、年越し蕎麦《そば》を一緒に食することになった。
仔犬の地蔵も今宵が特別な夜だと察したのか妙に興奮して、黒介に、
あそぼ、あそぼ
という風に絡みついていた。
地蔵と黒介には真新しい三つ編みにされた首輪がつけられていた。麻が作った首輪だという。黒一色の首輪をした黒介は、仔犬をいなしつつも自分も上気《じょうき》して、幹次郎が提《さ》げてきた風呂敷包から離れようとはしなかった。
「黒介、正月の蓬萊料理の重箱の蓋を開けるのは明日じゃぞ」

幹次郎の言葉に表口で交わされた会話がまた繰り返されることになった。

「正三郎さんは、京での修業中に蓬莱料理を覚えたのです」

「姉様、有難いことだ。江戸ではこのような正月料理を格別に誂《あつら》える家はあまりなかろうでな」

「正三郎さんは玉藻様と夫婦になれたのがよほど嬉しかったのでございましょう。それもこれも幹どのの気遣いの賜物《たまもの》と、姉上、思いませんか」

と麻が言い、

「幼馴染が夫婦になり、初めての年越しです。幹どのに京料理で礼を申そうと考えられたのですね」

と汀女が言葉を添えた。

「赤ん坊も来年にはお生まれになって、いうことなしですね」

と澄乃が三人のやり取りに加わった。

「そういうことだ」

と答えながら、男子なればその子が成長するまで八代目を務めることになるか、と内心思った。だが、その場では言葉にしなかった。

阿吽《あうん》の呼吸で幹次郎の想いを察したのは汀女と麻だけだった。

「皆さん、お酒の燗がつきました」

おあきが銚子《ちょうし》を運んできて、麻が受け取り、幹次郎から順に汀女、澄乃、かたちばかりおあきと酒を注いで、最後に幹次郎が銚子を受け取り、麻の杯を満たした。

「あと一刻《いっとき》（二時間）もすれば浅草寺の除夜の鐘の音を聞くことになる。今年一年、あれこれとあったがこうして息災《そくさい》な顔を揃えることになった。来年も宜しゅうお付き合い願う」

と家長の幹次郎が音頭を取り、汀女たちが、

「宜しゅうお願い申します」

と応じて酒に口をつけた。

ゆっくりと杯の酒を呑み干したのは幹次郎だけだ。

「いつもこの囲炉裏端で繰り返すが、この場で皆の顔を見ながらいただく酒がなによりも美味《うま》い」

「幹どのは吉原の遊び人にはなれませんね」

「麻、なれぬゆえ陰の役目を務めておる。ともあれ、こうしてわれらが顔を揃えられるのも伊勢亀の先代の計《はか》らいのお陰だ」

「伊勢亀の先代にどれほど感謝しても足りませぬ」

と麻がしみじみとした口調で言った。

「それだけに麻が幸せになってくれませんとね」

「姉上、これ以上の幸せはございません」

麻が笑みの顔で言い切った。

「麻様、私もかような年越しができるとは、わが身を疑っております」

と澄乃が言い、

「あら、わたし、出遅れたわ。わたしも柘榴の家に奉公に来て、幸せというのが囲炉裏端にあるのだとしみじみ思いました」

とおあきも口を揃えた。

「それもこれも」

と言いかけた汀女の言葉を幹次郎が継いで、

「それがしの我儘《わがまま》が生んだことじゃな」

「はい」

と返答した汀女が、

「十五年前、幹どのに手を取られて豊後竹田城下を逃れたことに端《たん》を発しております」

「妻仇討の旅が終わったのは遠い昔に思えるがわずか五、六年前のことじゃ。追っ手から逃げておるとき、それがしと姉様に一時として安穏《あんのん》なことはなかった。それがこうしておあきの親父どのが拵《こしら》えてくれた囲炉裏端の温《ぬく》もりを感じながら酒を頂戴している。人の一生はどう転ぶか分からぬな」

「いえ、さようなことは自然に転がり込んでくるものではございません。幹どのの無鉄砲があったればこそです」

「無鉄砲か。まあ、姉様をあのままにしておくのはいかんと考えたら、あのような行動になってしまった」

「幹どの、さようなことを無鉄砲と申すのではございませんか」

と麻が言い、

「姉上、やはり幹次郎様々でございますね」

と眼差しを汀女に向けた。

「うちの大明神《だいみょうじん》です」

「はい。きっとこんな話を泉下《せんか》で伊勢亀の先代が笑みの顔で聞いておられます」

と麻も言い、

「来年はどんな年になるのでございましょう」

と呟いた。

「幹どのがおられるのです。退屈はしますまい」

「なにやら騒ぎの因《もと》はすべてこちらの神守幹次郎様が起こしておるような気がしてきたわ」

と麻が言いながら、杯の底に残った酒を指先につけて地蔵の口元に差し出すと、ぺろぺろ
と地蔵が美味そうに酒を舐《な》めた。

「あら、地蔵ったら、仔犬のくせに酒好きですよ。今から酒の味を覚えたらうちのお父《とっ》つぁんみたいな酒呑みになりますよ」

とおあきが言い、

「ああ、思い出しました。汀女様に頂戴した酒の切手《きって》をうちに届けましたら、お父つぁんが顔を崩して満足げに笑っておりました。汀女先生、旦那様、有難うございました」

と礼を述べた。

「それは知らなかった。姉様の気遣いじゃな」

他愛《たわい》もない会話で盛り上がり、女たち四人が助け合いながら作った年越し蕎麦を頂戴するころ、浅草寺境内の時鐘《ときのかね》が鳴らす百八の煩悩《ぼんのう》の音が柘榴の家にも届いて、囲炉裏端でそれぞれが想いに耽《ふけ》った。

「どうだ、みなで初詣《はつもう》でに行かぬか」

幹次郎の言葉で、

「寒くはございませぬか」

「最前戻ってくる折りはさほどでもなかった」

「ならば参りますか」

と汀女が言い、全員が仕度をした。すると地蔵が自分も連れていってくれという風におあきの足元に絡んで離れなかった。色変わりの三つ編みの首輪がなんとも愛らしかった。

裏戸に心張棒をかけ、玄関戸は離れ家を造った大工の棟梁《とうりよう》染五郎《そめごろう》が工夫した錠前をかけて戸締まりをした。そんな家に取り残された地蔵がくんくんと鳴いていた。だが、親代わりの黒介がいるのだ、そのうち諦《あきら》めるだろうと幹次郎らは思った。

寺町の通りにぞろぞろと初詣でに行く人波が続いていた。

「姉上、初詣でに参るのは初めてです」

と麻の声が弾《はず》んでいた。

「どうだ、寒くはないか」

幹次郎が四人の女たちに声をかけた。

「綿入の上に肩掛けをしております。寒くはございません」

と麻が答えて汀女たちが頷いた。

澄乃だけは汀女が勧めた肩掛けを断わり、吉原会所の法被《はっぴ》を着ていた。澄乃は、初詣でも御用の一環と考えている、と幹次郎は思った。

随身門《ずいじんもん》を潜ると、
むっ
とした熱気が漂うほど御本堂前は人で込み合っていた。

幹次郎が先頭を行き、麻、汀女、おあきの順に続いて、最後に澄乃が控えて人込みといっしょになんとか階《きざはし》を上がった。御本堂に入ると読経《どきよう》の声を聞きながら、御身丈《おみたけ》一寸八分（約五・五センチ）と称される観音様に賽銭《さいせん》を投げ入れて合掌し、それぞれが想いを込めて、寛政四年（一七九二）が平穏でありますようにと願った。ふたたび人の波に揉《も》まれて御本堂の横手、奥山の入り口に出てくる

と、

「神守どの」

と声がかかった。

なんと南町奉行所定町廻り同心の桑平市松であった。

「なに、もう御用に復帰なされたか」

幹次郎は驚いた。

「いつまでも同輩に甘えてばかりもおられませぬ。それに三が日はなにが起こっても不思議ではございませんでな」

桑平が雪の初七日《しょなぬか》を迎える前に御用に復帰した理由を述べた。

御本堂前のあちらこちらに点された松明《たいまつ》の灯りで桑平の頬が削《そ》げているのがだれの目にも分かった。

「おお、お身内がご一緒でしたか。新年明けましておめでとうござる」

新年を賀《が》す祝いの言葉を幹次郎らはなんとも辛く聞いた。

「その祝賀のご返礼、後日にさせていただこう」

「雪のことを気になされますか。もはや彼岸に旅立った者に気遣い無用です」

と気丈に応じた桑平だが、五体に隠し切れない哀しみと寂しさが見えた。

「桑平どの、落ち着いた折りに相談がござる。一度わが家を訪ねてくれませぬか」

　しばし間を置いた桑平が頷いて、

「それがし、御用に戻ります」

と待たせていた御用聞きや小者のところに戻っていった。

　幹次郎らはふたたび随身門から寺町通りに出て、ほっとひと息ついた。

「幹どのの仕事も大変と思うておりましたが、桑平様の御用も大変でございますね」

「宮仕《みやづか》えはどこもそうだがな、桑平どのは格別なのだ。気性が気性ゆえ一日たりとも怠《なま》けようとはなさらぬ」

「ただ今ならば名目《めいもく》がいくらも立ちましょうに」

「それをなさらぬのが桑平市松どのじゃ」

　幹次郎らは帰路黙々と柘榴の家に向かって歩いた。だれもが桑平の胸中を察したからだ。

　まるで桑平の心中を映したように冷たい風に変わっていた。

「町奉行所のお役人も人さまざまでございますね」

と澄乃がぽつんと言った。

「ああ、己一人《いちにん》の利欲ばかりを考えておる御仁が多い中で、桑平市松どのの生き方を手本にせぬとな」

「幹どの、おそらく桑平様も同じ言葉で神守幹次郎を評されましょうね」

と麻が言った。

「損得勘定《そんとくかんじょう》ばかりで生きていくのは、ぎすぎすしてつまらぬでな」

「年が改まったのです。桑平様にも今年はきっとよいことが訪れましょう」

「姉様、そうあることを祈りたい」

と幹次郎が言ったとき、一同は柘榴の家の門前に戻ってきた。だが、珍しいことに地蔵が吠え声を上げなかった。その代わり黒介が、
みゃうみゃう
と家の中で激しく鳴いていた。

おあきが門を開き、雪見灯籠《どうろう》の灯りで飛び石伝《づた》いに玄関に向かった。

「地蔵は鳴き疲れて眠り込んでいるのですね」

と言いながら玄関の戸を引いた。すると黒介が鳴きながらなにかを訴えた。

「地蔵が悪さをしたのかしら」

と汀女が言い、

「それほどの悪さをするとも思えぬが、小便でも漏らし台所の隅でしょんぼりしておるのではないか」

と幹次郎は囲炉裏端に戻った。

すると、冷たい風が囲炉裏端に吹き込んでいた。

「うーむ」

幹次郎は裏戸を見た。すると心張棒が外れて、腰高障子が一尺（約三十センチ）ほど開かれたままになっていた。

「おあき、そなたが心張棒を掛けたのをそれがし見ておった」

「しっかりと掛けました」

「それが外れておる。地蔵に心張棒を外す知恵は未だあるまい。わが家に忍び込んだ者がおる」

麻が小さな悲鳴を漏らし、

「離れ家を見て参ります」

と言った。

「それがしもいっしょに行こう」

「私は裏庭を確かめて参ります」

と澄乃が開かれた裏口から浅草田圃《たんぼ》に接した裏庭に出ていった。

「姉様、おあき、囲炉裏端にいてくれぬか」

と命じ、行灯を手にした幹次郎と麻は、柘榴の家の廊下奥から離れ家に通じる飛び石の道を伝っていった。だが、離れ家に人が侵入した様子はなかった。

「よし、母屋《おもや》に戻ろうか」

幹次郎と麻は再び母屋の囲炉裏端に戻ると、澄乃が地蔵の黄色と朱色と青色の布で三つ編みにした首輪を手にして汀女とおあきに見せていた。

「神守様、見てください。鋭利《えいり》な刃物で切った跡がございます」

「どこにあったな」

「浅草田圃に通じる竹の垣根に引っ掛けてありました」

澄乃が幹次郎に差し出した。

手にしていた行灯を下ろすと三つ編みの首輪の切り口を確かめた。たしかに鋭利な刃物ですっぱりと切られていた。

「幹どの、地蔵はどうしたのでしょう」

汀女が仔犬の安否を気にかけた。

「ここにいてくれぬか。提灯の灯りで裏庭を調べてみよう」

幹次郎と澄乃がそれぞれ行灯の火を台所にあった提灯の灯心《とうしん》に移して持ち、裏庭に出てみた。

「まるでなにごとかを伝えるように首輪はここに掛けられておりました」

と澄乃が竹垣の一箇所を提灯の灯りで照らした。そこには明らかに何者かが強引に乗り越えた跡が残っており、竹垣の一部が壊されていた。

澄乃が身軽にも竹垣を乗り越えて浅草田圃のあぜ道に下り、提灯の灯りで辺りを丹念に調べて回った。だが、地蔵の痕跡《こんせき》はなにもなかった。

「物盗《ものと》りではございません」

と竹垣の向こう側から澄乃が言った。

「なんとのう、何者かの指図でわが家に侵入したのが察せられた」

「ならば地蔵を取り戻しに参りましょうか」

澄乃が提灯を渡すと竹垣を乗り越えてきた。

幹次郎はしばし考えたあと、

「二手に分かれよう。澄乃、牡丹屋を訪ね、政吉船頭に猪牙舟を出してくれと願え。行き先は、神田川新シ橋北詰《きたづめ》から三丁（約三百三十メートル）も北へ進むと、西に向かって佐久間町四丁目が口を開けておる。武家地に囲まれて短冊形の町屋が東西に延びていて、この一角に町道場がある、あるいはその近くに直参旗本小普請組淀野孟太郎なる者の屋敷があるはずだ。地蔵が連れ込まれたのはふたつのうちのどちらかであろう」

「会所には知らせますか」

「いや、仔犬が盗まれたというて、吉原会所の手を借りるわけにもいくまい。まずそれがしが先行して当たってみよう」

と澄乃に告げた幹次郎は囲炉裏端に戻ると、

「地蔵は必ず連れ戻す。正月早々に騒がせるが、戸締まりをし直して休んでおりなされ」

と汀女と茫然としている麻とおあきに願うと、

「承知しました」

と汀女が即答した。

「まさか地蔵は廓内に連れ込まれたわけではございますまい」

「廓に連れ込むのはどうかと思う。おそらく違う場所であろう。当たりはついておるでな、なんとしても連れ戻す」

幹次郎は地蔵の首輪を懐に入れると、澄乃といっしょに玄関に回り、

「麻、今晩は姉様といっしょに母屋に寝なされ」

と言い残すと、門を出てしっかりと閉ざした。

「澄乃、正月早々そなたまで騒ぎに巻き込んだな」

「これが吉原会所の女裏同心の務めにございます」

潔い言葉を聞いた幹次郎は、ふたたび随身門に向かって走り始めた。その頭に、

(桑平市松どのの手を借りるかどうか)

との迷いが浮かんだ。

二

佐久間町四丁目は武家地に囲まれて東西に七、八丁（約七百六十〜八百七十メートル）細長く延びる、静かな町屋だった。元日未明とはいえそんな町屋に、

「鹿島新当流日比谷《ひびや》道場」

の看板が掛かり、夜半九つ半（午前一時）を過ぎたというのに賑やかに話し声がするのはこの道場の他になかった。

「ここのようじゃな」

縄張り外まで幹次郎に従って出向いてくれた桑平市松が言った。

「まあ、その他に剣道場があるとも思えぬ。鹿島新当流と麗々《れいれい》しく看板を掲《かか》げておるが、流儀が正しいかどうか怪しいな、こけおどしに名乗っておるのではないか」

と幹次郎も応じた。

「さあてどうしたものか」

未だ澄乃の姿はなかった。

武家地も町屋も寝静まっていた。

この日比谷道場だけに煌々《こうこう》と松明の灯りが点り、道場の中で酒でも呑んでいるようなざわめきが表まで伝わってきた。

幹次郎が浅草寺境内にふたたび足を踏み入れると、最前の大混雑は消えていたが、静かに初詣でに来る人々がいて、境内の一角に御用提灯が見えた。仲見世《なかみせ》を背にしてひとり手下たちから離れて立っているのは桑平市松だった。

「おや、二度目の初詣でですか」

と桑平が緊張の声で幹次郎に訊き、

「女衆になんぞ起こりましたか」

と質した。

「いえ、桑平どのの力を借りるほどのものではないが」

と前置きした幹次郎は一同が戻り着いた柘榴の家に起こった出来事を告げた。

「飼犬が攫《さら》われました」

桑平が首を捻った。

「未だ仔犬でござってな」

と幹次郎が三つ編みにした首輪が切られて竹垣に掛けられていたことを話した。

「身に覚えがござるか」

「お雪どのの通夜の帰り道、うちの近くの聖天横町にて六人の者たちに待ち伏せされておった。その折りは澄乃とそれがしが適当に追い払ったのだが、こやつらの仕業と思える」

「何者ですな」

幹次郎は読売屋の門松屋壱之助から聞いた、待ち伏せしていた者たちの正体を告げた。

「ほう、町道場の門弟どもが吉原会所の裏同心どのを襲いましたか。そやつらは吉原会所の裏同心の腕前も知らぬ輩のようですな。何者かが糸を引いておるのでしょうな」

「江戸町一丁目の名主駒宮楼六左衛門と思えます」

「なに、五丁町の名主がさような乱暴をなしたとなると、廓内になにか事が生じておりますかな。これは仔犬を攫ったには曰くがありそうだ」

と桑平市松が関心を示した。

幹次郎はしばし迷った。

「神守どの、わけを話しなされ。われらの間に秘密がないとは言えぬが、町道場に乗り込むには事情を承知していたほうが気分も楽ですからな」

桑平は仔犬が攫われた騒ぎに手を貸す気のようだった。

「道々話したい。だが、この話をそなたの配下の者たちに知られたくないのだ」

幹次郎の言葉に頷いた桑平が御用聞きや小者たちのところに戻り、初詣での浅草寺境内に残っておれと言い残したようでひとりだけ戻ってきた。

「参りましょうか」

ふたりして早足だ。初詣での人々の間を縫って広小路《ひろこうじ》を抜け、御蔵前通《おくらまえどお》りの西側の町屋の間の道を進んだ。

　桑平が無言の幹次郎の横顔を見た。

「桑平どの、過日吉原会所の七代目が自らの隠居話を五丁町の名主方に披露された」

　と前置きした幹次郎は、七代目から示された八代目の人選を巡り、五丁町の名主七人が二派に分かれたことを告げた。

「なに、四郎兵衛どのに跡継ぎがござったか。たしか引手茶屋や料理茶屋を営む娘御がひとり、その婿どのは料理人であったな」

「正三郎という料理人でござる」

「まさか七代目がその正三郎を八代目に、いや、それはないな」

　と自問自答した。

　桑平の足が不意に止まった。

　幹次郎も歩みを止めた。

「まさか」

「………」

「神守幹次郎どのに白羽の矢が立った」

しばし間を置いて頷いた。

「うーん」

と桑平が唸《うな》った。

「意外でござるか」

「いや、これ以上の人選はござらぬ。そなた、険しい道を選ばれたか」

「むろん迷った。迷った上で番方の仙右衛門どのに打ち明けた。その場にお芳《よし》どのと柴田相庵《しばたそうあん》先生も同席されておった。それがし、番方に反対されればこの話を七代目に断わる気であった」

「番方は賛意を示したのじゃな」

「驚きのあと、迷いの様子を見て、それがしが『相分かった』と応じたら、『おれでよければなんでも助ける』と言われた。お芳どのも相庵先生も同意であった。その夜、汀女と麻にこのことを告げた」

「汀女先生はそなたなら苦しい道を選ばれると答えられたのではないか」

「表現は異なるがそのような言葉であった。麻も賛成してくれた。それを受けて、それがし、四郎兵衛様に『この話は五丁町の名主方に容易く受け入れられはしまい。月日をかけて全員を説得してくだされ。それがし、それまで待つ』と申し上げた。先日、この話が五丁町の名主に告げられた。その折り、駒宮楼の主が『吉原者でもない者が吉原会所の八代目を継ぐなどありえぬ』と怒ってその場から去ったそうな」

ふたりは沈黙したまま歩き出した。

「そなたはこのことを予測されておったな」

「少なくとも一年から一年半はかかろうとみていた。だが、駒宮楼のようにその場で激高《げっこう》して出ていく名主がいるとは思わなかった。また、人を雇ってそれがしを殺《あや》めようとまでしてのけようとは夢想だにしなかった」

「駒宮楼が刺客をそなたに送り込んだとよう分かったな」

幹次郎は三浦屋四郎左衛門と読売屋の門松屋壱之助がもたらしてくれた話をした。

「なんと駒宮楼の娘が嫁入りした先が、直参旗本小普請組淀野孟太郎か。その用人が指揮してそなたと麻様と女裏同心を襲う真似をなしたか。ということは、駒宮楼は病か、あるいは別の曰くを添えて直参旗本を退《しりぞ》かせ、八代目に送り込もうと考えたか」

「ではないかと七代目も考えておられる。淀野家は孟太郎の弟を跡継ぎにしてな。

無役二百三十石より吉原を思いのままにできる吉原会所の八代目頭取に就かせようと考えておるのではないかと、推量されたのが先日のことでした」

「時も経たずにかような愚かなことをなしたか」

「と思うておるのですがな」

というところに澄乃が竹籠《たけかご》を負った姿で現われた。

「正月早々ご苦労だな」

と桑平が澄乃を労《ねぎら》い、竹籠を覗き見た。

「務めにございます」

澄乃の言葉に頷いた桑平が、

「軍師どの、どのような策を取るな」

と幹次郎に尋ねた。

「澄乃、そなたに考えがあるのではないか」

幹次郎が桑平の問いには答えず澄乃に訊いた。すると澄乃が背中の竹籠を下ろし、
みゃう
と言いながら黒介が現われた。

「ほう、黒介に地蔵を捜させようと考えたか。よかろう、黒介、頼んだぞ」
黒介を片腕に抱いた澄乃が空になった竹籠をふたたび負い、道場の敷地に入り込んで黒介を放した。黒介はしばらく辺りの様子を窺っていたが、道場の横手を抜けて裏口へと回り込んだ。すると黒介が、
みゃうみゃう
と鳴き、しばし間を置いて、
わんわん
と仔犬の吠え声が応じた。
「女裏同心の知恵も大したものじゃな」
と桑平が感心し、台所と思《おぼ》しき戸口を桑平が開き、黒介が飛び込んで幹次郎、桑平、そして、竹籠を負った澄乃が続いた。
台所では女衆と住み込みの門弟が、焼き栗を食っていた。若い門弟が茫然として黒介と侵入者を見た。
台所の土間の一隅に仔犬の地蔵がつながれており、そこへ黒介が飛びついていった。
地蔵は突然現われた黒介に興奮して吠え立てた。

「な、なんだ、おまえらは」

「そいつはこっちの台詞《せりふ》だぜ。この仔犬、どうしたな」

と前帯に差した十手《じって》に手をかけた桑平市松がふたりに糺した。

「わ、われらは知らぬ。道場に出入りの伊之吉《いのきち》が抱えてきたんだ」

「道場主どのは日比谷なんと申されるな」

と幹次郎が尋ねた。

「日比谷星吉景虎《せいきちかげとら》様じゃが」

「日比谷どのは直参旗本淀野孟太郎どのと知り合いであろうな」

「師匠と淀野様は昵懇の間柄、淀野様が近々道場を新築してくれるそうな。そのような間柄じゃ」

「ほうほう、面白いな」

と桑平市松が言い、

「淀野どのはよう道場にお見えか」

と幹次郎が尋ねた。すると、若い門弟がちらりと道場のほうを見た。

「いるのか」

幹次郎の問いにこっくりと頷いた。

「そなたら、怪我をせぬように台所に控えておられよ」
「おぬしら、何者か」
若い門弟は、幹次郎に町奉行所同心の着流し巻羽織《まきばおり》姿の桑平市松、澄乃の三人組の正体の見当がつかぬようで尋ねた。
「それがし、吉原会所の神守幹次郎、こちらは南町奉行所定町廻り同心桑平市松どの、女子はそれがしの朋輩、嶋村《しまむら》澄乃じゃ」
と言った幹次郎が、
「上がらせてもらおう」
と雪駄《せった》履きのまま台所の板の間に上がり、桑平と、素早く地蔵と黒介を押し込んだ竹籠を抱えた澄乃が続いた。
竹籠の中では地蔵が黒介に会えた喜びに甲高い声で、
きゃんきゃん
と吠え、黒介がまるで親のように優しい声で、
みゃうみゃう
と応えていた。
道場に入ると、そこにいた十数人が幹次郎を見た。その中には人相がよろしく

ない町人がふたり交じっていた。ひとりが地蔵を攫っていった伊之吉だろう。

四斗樽を道場の真ん中に据え、七輪《しちりん》をいくつも置いてスルメを焼き酒盛りが続いていた。

「なんじゃ、そのほう、土足で道場に上がる所存か」

と口髭《くちひげ》の壮年の武士が幹次郎を睨《にら》み据えた。

「道場主日比谷星吉景虎どのか」

「いかにもそれがしが道場主の日比谷である。何者か」

「吉原会所神守幹次郎」

と応じた幹次郎が傍らの武家に視線を移して、

「直参旗本小普請組淀野孟太郎どのかな」

「おのれは」

と淀野が歯ぎしりしながら、手にしていた茶碗を床に置いた。

「用人竜村大善どのの手首の加減はいかがかな」

「許せぬ」

と淀野が床に置いた刀を手にした。

日比谷は様子が分からぬようで淀野を見た。日比谷の眼差しに気づかぬ淀野は、酔いのせいかよろめき立った。だが、立った瞬間には、それなりに姿勢を正したのはさすがだった。

門弟たちも淀野に合わせたように立ち上がった。

「待て」

と桑平市松が叫んだ。

「日比谷どの、そなたらが淀野どのに加担致すならば、先日聖天横町で神守どのと身内を襲った所業を南町奉行所は公に致すことになる。この道場の門弟にして淀野家用人竜村らの無法《むほう》、すべて目撃していた者がおる。ゆえにそれがしがかように神守どのに同行しておる。先日のことはさておき、どうだ、この場の決着は、吉原会所神守幹次郎どのと吉原に因縁がある淀野孟太郎どのとの尋常勝負でつけぬか」

と桑平が提案した。

「よ、よかろう。そのほうが神守なれば、始末する曰くはあるでな」

淀野が手にしていた刀を腰に差し戻した。

「淀野どの、正月早々刀で斬り合いなさる気か。桑平どのが申される提案なれば、木刀勝負、あるいは竹刀《しない》勝負でもようござらぬか」

幹次郎の言葉に淀野が、

「木刀じゃと、竹刀じゃと。手ぬるいわ。武士の本懐《ほんかい》は真剣勝負」

と刀を腰に落ち着けると鯉口を切った。

「ご一統、お聞きの通りじゃ。真剣勝負と相成った。七輪などを道場の隅に移されよ」

と幹次郎が命じて、慌てて門弟たちが酒盛りの場を片づけた。

澄乃は、竹籠を道場の入り口に置き、黒介と地蔵が絡み合って眠り始めた気配をみて、視線を道場の真ん中で対峙《たいじ》するふたりへと移した。

いつの間にか幹次郎は鞘《さや》ごと剣を抜いて床に置き、道場の壁にかかった木刀の一本を手にしていて、履いていた雪駄を澄乃のほうへと蹴り飛ばした。

雪駄が道場の床を滑り、竹籠の前でぴたりと止まった。

「木刀でそれがしと対決するというか。己、いささか増長しておるな」

淀野の言葉を無視した幹次郎が、

「淀野どの、直参旗本を続ける気はござらぬか」

と訊いた。

「さかしら顔で言うでない。それがし、そのほうを叩き斬り、吉原の」

「その先は申すでない。淀野孟太郎、そのほうの死に場所は決まった」

「東国《とうごく》剣法の一、鹿島新当流、恐ろしさを見せてくれん」

と淀野が刀を抜き放ち、八双に構えた。

その瞬間、幹次郎は木刀を手に、すすすっと後退した。

間合六間（約十一メートル）。

ぴたり、と止まった幹次郎は木刀を右蜻蛉《とんぼ》に構えた。

桑平も澄乃もこれまで見たこともない構えだった。

淀野の八双と幹次郎の右蜻蛉は右肩にそれぞれ剣と木刀を立てて構えていたが、まるで凄みが違った。

幹次郎のそれは豊後竹田の河原で薩摩《さつま》からの行きずりの老武芸者が教えてくれた薩摩剣法だ。

きええっ
と激しい気合が幹次郎の口から吐かれ、構えのままにつま先三本で踏み込んでいき、低い姿勢で斬り込んでいった。

先手を取られた淀野は間合を読んで八双の構えから振り下ろした。攻め勝っていると淀野が考えた、その直後、幹次郎の懸かり打ちの木刀が予測を超えて迅速に肩を打ち砕いた。

淀野は激痛を感じた瞬間、その場に押し潰されていた。

粛《しゆく》として道場に声がない。

床に転がった淀野は悶絶《もんぜつ》死《し》していた。

幹次郎が静かに道場主の日比谷に一礼した。

「見ての通りでござる。日比谷どの、朋輩の仇《あだ》をなすと申されるならば、この場で勝負してもようござる」

幹次郎の言葉に日比谷は茫然としていたが、ゆっくりと首を横に振り、

「尋常勝負、拝見致した。それがしにはそなたへのなんの遺恨《いこん》もござらぬ」

と答えた。

道場の一角で小さな悲鳴が上がった。澄乃が伊之吉と思しき者の髷を切り取っていた。それを確かめた幹次郎が、

「われらこれにて引き上げてようござるな」

日比谷が無言で頷いた。

「参ろうか」

桑平と澄乃に幹次郎が言い、木刀を壁に戻した。

三

三人は神田川に泊めた政吉の猪牙舟に乗り、神田川を下ると大川を山谷堀へと遡上した。

だれもが沈黙していた。

政吉が、

「事は終わったかえ」

とだれにともなく尋ねた。

「終わった」

と幹次郎が答えた。

その顔を澄乃が恐ろしげに見つめていた。

「どうやら江戸一の駒宮楼の野望は潰《つい》えた。同時にそれがしも吉原会所の陰の者として暮らしていけるかどうか分からぬようになったようだ」

「どうしてだな」

と事情を知る桑平市松が幹次郎に訊いた。

「尋常勝負とはいえ直参旗本の命を絶ったのだ。このままでは終わるまい」

「淀野孟太郎には部屋住みの弟がおると言うたな。淀野孟太郎は病死、次男が淀野の家を継ぐ届けを正月三が日明けに目付《めつけ》に届けられよう。それで事が決着するとは思えぬか」

「さあてのう。それがしの気持ちもある」

「神守どの、結論を出すのは今ではござらぬ。吉原会所のためにも熟慮されよ」

と桑平市松が幹次郎に忠言した。

しばし瞑目して沈思していた幹次郎が友の忠言にこくりと頷いた。

また猪牙舟を沈黙が覆った。すると地蔵が澄乃の前に置かれた竹籠の中で、
くんくん
と鳴いた。

「地蔵、もうすぐ新春初めてのごはんをもらえますよ」

と澄乃がなだめ、

「神守様、お尋ねしてようございますか」

「問いによる」

と幹次郎が短く応じた。

「道場で披露なされた剣法は西国の剣術ですか」

「それがしが西国の大名家の下士《かし》であったころ、城下を流れる河原に放浪の老武芸者が立ち寄り、独り稽古をなすそれがしを見て、教えてくれた剣法じゃ。老武芸者はなにも言わなかったが、薩摩剣法の一派の技であったろう。それがしが師に習った最初の剣法であった」

「薩摩の東郷示現流《とうごうじげんりゅう》の凄《すさ》まじさを噂に聞いたことがある、わが目で見たのは初めてであった。改めて得心致した、吉原会所の裏同心、恐るべし」

と桑平市松が漏らし、澄乃が頷いた。

「ご両者、他言無用に願おう」

幹次郎の言葉にふたりが頷いた。

三度の沈黙のあと、猪牙舟は山谷堀の船宿牡丹屋の船着場に到着した。

寛政四年の初日が隅田川の向こうから上がろうとしていた。

「桑平どの、政吉船頭の猪牙舟で八丁堀なりどこへなりと送ってもらわぬか」

「ならばわが倅どもがおる雪の実家、小梅村に送ってくれぬか」

と桑平が言い、政吉が、

「そのあと、ご一家を八丁堀へお送りしますぜ」

と言った。

「私はどうしましょう」

と澄乃が言った。

「柘榴の家に黒介と地蔵の無事を見せに行ってくれぬか。それがしは四郎兵衛様に報告してお指図を仰ぐでな、それがしの帰りをわが家で待て」

三人はそれぞれに牡丹屋の船着場で別れることになった。

幹次郎が五十間道を進み大門に着いたとき、ひとり遊びで身を持ち崩した風の若旦那が通用門から姿を見せ、

「駕籠もなしか」

と呟いた。

「正月元旦、吉原は仕事休み、駕籠もございませんな。山谷堀の船宿まで土手八丁を歩くのも乙《おつ》なものではござらぬか」

幹次郎の口調はいつもの平静なものに戻っていた。

「会所の裏同心に諭《さと》されたぜ」

「それがしの言葉など無用でしたかな」

「いや、そうでもございませんぜ。そろそろ遊びを打ち止めにせぬと親父から本

気で勘当されそうでしてね」

と笑った。

「新年、よい心がけかと思います。もっとも吉原会所の陰の者が口にする言葉ではございませせぬがな」

若旦那風の男が声もなく笑い、

「裏同心の旦那も夜明かししたかえ」

「それがしは野暮用でございましてな」

「旦那、よい一年をな」

「若旦那もな」

と言い合ってふたりは大門前で別れた。

吉原会所の腰高障子を引き開けると、金次ら若い衆三人が土間の大火鉢で餅を焼いていた。

「早いですね、初詣での帰りとも思えません」

金次が幹次郎の五体から漂う死の臭いをかぎ取ったように言った。

「七代目は朝湯に入ってなさると玉藻様が言っていましたぜ」

「朝湯か、よいな。相湯ができるかどうかお願いしてみよう」

幹次郎は刀を腰から外すと手に提げて、吉原会所の奥へ進み、隠し戸を開いて引手茶屋山口巴屋に入った。すると玉藻が、

「あら、神守様、どうしたの」

と尋ねて、こちらもすぐに異変があったことを察した。

「お父つぁんは朝湯よ。どう、神守様も湯に入ってさっぱりしない、着替えは用意しておくわ」

「玉藻様、お言葉に甘えよう」

幹次郎は引手茶屋の湯殿《ゆどの》に向かった。

正月元日から妓楼の泊まり客はいないとみえて山口巴屋の湯殿には客がいる風はなかった。

「七代目、相湯させてもらってようございますか」

しばし返答に間があった。

「徹宵なされたか、神守様」

「はい」

「お入りなされ」

山口巴屋の湯船は湯屋の大きさほどあったが柘榴口はない。

かかり湯を使った幹次郎は、

「失礼致します」

と四郎兵衛がひとり湯船を独占する傍らに身を沈めて、大きな息を吐いた。

しばし湯に馴染むように黙って身を浸していた。幹次郎の体がようやく温まった頃合い、

「なんぞございましたかな」

と四郎兵衛が質した。

幹次郎は浅草寺に初詣でに行き、柘榴の家に戻ったところから神田川北側にある鹿島新当流日比谷道場での出来事までを順を追って告げた。

「なんと年明け早々に神守様をはじめ、桑平様、澄乃をさような災難に遭わせましたか。ご苦労でございましたな」

とまず幹次郎に労いの言葉をかけた四郎兵衛はしばらく沈思した。

「江戸一の駒宮楼の出方を見ましょうかな。その場に桑平様が立ち会われたのは幸いでございましたな。直参旗本、淀野家の主が知り合いの道場で稽古のあと、酒を呑んでおるうちに急死なされた。そこで部屋住みの弟御が二百三十石の家禄《かろく》を継ぐことにしたいと目付に届けが出て、あちらは決着がつきましょうかな」

「と、われらも推量致しました」

「こちらから駒宮楼に話すこともございますまい。神守様、日比谷道場からなんぞ漏れることはございましょうかな」

「日比谷どのは一応道理が分かった剣術家とみました。妙な動きや企ては致しますまい」

「ならば、松の内六日に五丁町の名主の集いを呼びかけてみますか。その折りの駒宮楼の言動を見ればおよその察しがつこうというものです」

頷いた幹次郎は、

「この吉原が元吉原から移ったのは明暦《めいれき》の大火（一六五七）のあとのことでしたか」

「いかにもさようです」

「庄司甚右衛門《しょうじじんえもん》様が元吉原を公儀から許された折り、官許の遊里の仕組みや廓造り、習わしなど京の島原遊郭を見倣ったということでございましたな」

「いかにもさようです」

と幹次郎が持ち出した話を四郎兵衛は短く返事をしながら聞いた。ふたりには言わずもがなの話だった。

「やはり話次第で神守様は吉原をしばらく離れられますか」

「それが一番宜しいことかと存じます」

四郎兵衛は瞑目して沈思していたが、

「すべては松の内六日の五丁町の名主の集いで決まります」

と言った。


朝湯でさっぱりとした幹次郎が柘榴の家に戻ったのは、五つ前のことだった。

「お帰りなされ」

麻が幹次郎を迎えた。その足元には地蔵と黒介がいた。

幹次郎は腰の大小を麻に渡した。

「ご苦労様でした」

刀を受け取りながら麻が言った。

「聞いたか」

「澄乃様に」

「なんぞ申しておったか」

「鬼に変じた神守様を初めて見たと衝撃を受けておいでのようでした」

「どうしておる」

「ただ今姉様とおあきと一緒に正月料理を拵えておられます。幹どの、少し休まれませぬか」

と麻が言った。

「まずは姉様に顔を見せてこよう」

と言った幹次郎が台所に向かった。

女たちが嬉しそうに談笑しながら新年の料理を作っていた。

「姉様、戻った」

「ご苦労様でした」

振り向いた汀女は麻と同じ言葉で幹次郎を迎えた。

「四郎兵衛様と朝風呂を頂戴してきた」

「料理ができるまでしばし時がかかります。一刻なりと眠られませんか」

「澄乃とて寝ておるまい」

幹次郎が澄乃のことを気にすると、

「神守様、私は未だ若《わこ》うございます」

「ふっふふふ、いつしかこちらは三十路《みそじ》をとうに過ぎておるわ。たしかにそなたをそれがしの娘と言うてもおかしくはないな」

「はい。柘榴の家の父母は神守幹次郎様と汀女先生、麻様は汀女先生の妹御でおあきさんと私は娘でしょうか」

「いつのまにかさような歳になったようだ、姉様」

「仕方ございますまい、人は等しゅう歳を重ねていきます」

と汀女が応じたとき、

「幹どの、床の仕度ができましたよ」

と麻が顔を出した。

「そなたらの親切に甘えよう」

幹次郎が寝間に行くと麻が従ってきて、羽織と袴を脱がせる手伝いをなした。

「お風呂の匂いが」

「言わなかったか。四郎兵衛様と山口巴屋の朝風呂に浸かってきた」

「どうりで風呂の香りが致します」

と言った麻が幹次郎の背に顔を寄せた。

「麻、それがし、やはり吉原を年余《ねんよ》離れることになりそうだ」

「姉上とも話しました」

「姉様はなにか申したか」

「この私、幹どのと十分に旅を致しました。こたびは麻が幹どのに従いなされと」

「言われたか」

「はい」

「もしそうと決まれば麻もいっしょに京に参るか」

「従《したご》うてようございますか」

「姉様がそう言うのならばいっしょに京に向かうしかあるまい」

麻が幹次郎の背に顔を押しつけて、

「夢を見ているのでしょうか」

「伊勢亀の先代はすべて見通しておられたのであろうな」

「はい。私どもの行く末を見通しておられたのは伊勢亀のご隠居と姉上でございます」

「いかにもさよう。だが、麻、われら京に夢の続きを見るために参るのではない。庄司甚右衛門様が基を造られた吉原の向後百年を考えるために参るのだ」

と幹次郎が麻に釘を刺した。

「承知しております」

と答えた麻が幹次郎を床に寝かせると、不意に顔が幹次郎へと寄せられ、唇に麻のそれが一瞬押しつけられた。そして、

「お休みなされ」

と言い残して麻の気配が消えた。

幹次郎はしばらく麻の残り香を楽しんでいたが、すとん、と眠りに落ちていた。

掛け布団の上に重さを感じた。すると、
みゃうみゃう
わんわん
と黒介と地蔵の声がして幹次郎は目覚めた。
「何刻か、黒介」
「幹どの、四つ半（午前十一時）過ぎです」
汀女の声がして縁側の雨戸が開かれた。
「なに、一刻半（三時間）ほども眠ったか」
「皆が待っておりますよ」

「よし、参ろう」

幹次郎は用意されてあった若緑色の小袖に羽織を着せられた。

「姉様、われらの暮らしの中に、かように身内がいて黒介と地蔵もいるなどということがかつてあったか」

「妻仇討の追われ旅、かような日は一日としてございませんでした。また吉原に世話になって柘榴の家に住まいし、麻が私どもの家に離れ家を設《もう》けて住まい始めた。世間から見ればおかしな一家かもしれませんが、これがわが家でございますよ」

「日陰しか歩けぬ身がかような贅沢をさせてもろうてよいのかのう」

「幹どのが命を張って造り上げた柘榴の家でございますよ。だれに恥じ入ることがございましょうか」

「姉様、それがし、吉原会所の奉公人として務めを果たしておろうか」

幹次郎の言葉には隠された意があった。

「幹どののよきところは、そのように己を冷静に見つめる眼差しを持っておいでの点です。このことを忘れなければ、吉原会所のよき奉公人でおることができましょう」

「四郎兵衛様が健在のうちに学ばねばならぬことがたくさんある。じゃが、まずそれがしが五丁町の名主方に選ばれねば、すべて絵に描いた餅に終わる」

「幹どの、それはそれとして、そなたが吉原を年余離れることは悪い考えではございません」

汀女の言葉に幹次郎は振り返った。

「幹どのがいない吉原会所がどうなるか、神守幹次郎がいかに大きな存在か、吉原の衆が改めて悟《さと》る機会になりましょう。このところ会所も吉原も幹どのに甘えております。幹どのは当然そのことを考えてのことでございましょうね」

「姉様、それがし、それほどの自信家でもなければ、うぬぼれもない。だが、七代目の代で安定しているかに見える吉原会所は新たな手立てを打たねば、ただの遊里に堕《だ》してしまう。それがしが京に行くのは、姉様が言うような曰くではのうて、京に学び直す心算で行くのだ」

「はい、それは承知です。また私が申すことも必ず当たっておりましょう」

汀女の念押しに幹次郎は返答をしなかった。その代わり、

「姉様、麻を伴《ともの》うてよいのだな」

「麻はそれだけ廓の中で苦労を重ねてきたのです。京への旅を楽しんできなさ

れ」

「麻にとっても向後を考える旅でなければなるまい。未だなにをなすべきか見つけておらぬようゆえな」

「麻なれば案じることはございません。きっと京が麻に新たなる花を咲かせてくれましょう。楽しみです」

と言い切ったとき、

「幹どの、姉上、皆さんがお待ちですよ」

という麻の声がした。

四

正月元日は吉原は休みだ。

各妓楼では妓楼の主、女将、遊女の格に従い、奉公人全員が大広間に居並んで雑煮で祝った。

この雑煮を廓内では羹《かん》と呼んだ。あつものの意だ。

加門麻は吉原にあったとき、元日の羹を祝う席が好きでなかった。むろんその気持ちを顔に表わしたことはなかったし、だれにも気づかれていないと思っていた。

老舗《しにせ》の大籬三浦屋にあって薄墨太夫は高尾太夫と並んで頂点を極めた、

「花魁」

であった。

三浦屋にとって高尾と薄墨の二枚看板がいるのは、官許の遊里の頂点に立っていることを意味した。

だが、正月の元日に大籬の二枚看板から入り立ての禿まで居並んだ光景は、薄墨の心に、

「籠《かご》の鳥」

であることを強く意識させた。

羹を祝い、一日のんびりと過ごせる元日に薄墨は新造や禿を自分の座敷に集めてなにがしかの小遣い、

「お年玉」

をあげた。

「花魁、有難う」

と言われるたびに心は浮き立つどころか、寒々としてくるのだ。

加門麻は柘榴の家に「身内」が集まり、傍らには黒介と地蔵がいて、いつもとは違う正月気分に初めて興奮していた。

お昼前に汀女たちが用意した馳走《ちそう》を並べて全員が席に着き、雑煮が振る舞われた。

幹次郎が仮眠している間に女たちも柘榴の家の風呂に交代で入り、薄化粧をしている汀女たちが膳を前にした光景は加門麻の気持ちを浮き浮きとさせた。ここは序列もなければ、正月二日目から廓内の引手茶屋などに新年を賀す挨拶に回ることもなく、その夜に馴染の客を迎えることもない。

「正三郎さんが作った御節供を拝見しましょうかね」

と汀女が三段の重箱の蓋を開いて並べた。

「わあー、美しい」

とおあきが真っ先に感激の声を上げ、一同が重箱に綺麗に飾られた、

「京料理の正月」

を愛《め》でた。

「これが京の正月料理ですか」

澄乃も感動の言葉を漏らし、見入った。

伊勢《いせ》エビ、にしんなどの焼きものから慈姑《くわい》、かぶら、筍《たけのこ》など京野菜をふんだんに使った煮しめまで、京の正月料理は幹次郎たちを驚かせた。

「姉上にとっても珍しゅうございますか」

「麻、そなたらも承知のように私どもが京を訪ねたかどうかすら覚えておりません。正月料理ひとつとっても、帝のおられる京は雅《みやび》ですね」

「手を付けるのが勿体ないな」

と幹次郎も汀女の言葉に応じた。

「しばし眺めながら屠蘇《とそ》で正月をお祝いしましょうか」

と用意されていた屠蘇が五人の杯に注がれて、

「寛政四年が平穏でよき年でありますよう祈願致し、おめでとうござる」

との幹次郎の音頭に汀女ら四人の女たちが、

「おめでとうございます」

と屠蘇を口にした。

「ああー、苦い。お酒ってこんなに苦いのですか」

とおあきが顔をしかめた。

「おあき、唐《とう》の国から伝わった風習のようでな、酒に屠蘇散《さん》を入れてある。正月の縁起物と思うて口をつけてみよ。この一年が無病息災に過ごせるぞ」

「麻も初めて頂戴しました」

「縁起物の屠蘇は一杯にして、幹どのは清酒に変えますか」

「姉様、いいな。目の前には囲炉裏の火がちろちろと燃えており、京の正月料理が並び、旬《しゅん》の魚の造りがあり、美形四人が同席しておる。姉様、かような正月をわれら迎えたことがあったであろうか」

「豊後国岡藩の下士御長屋では正月というても、慎《つつ》ましやかなといえば言い方がよ過ぎます。ふだんとさほど変わりませんでした」

「初めて聞きました。豊後岡藩とは江戸から遠いのでございますか」

澄乃は汀女が口にした故郷の場所を尋ねた。

「江戸から陸路で三百里《り》（約千二百キロ）近くあろう。参勤交代《さんきんこうたい》で片道四十日はかかるそうな。むろん下士のそれがしは参勤交代にて江戸へと出たことはない。姉様と手に手を取り合ったのが旅の始まりであった。江戸の吉原に拾われるまで十年という長い歳月の旅が待ち受けておった」

なにかを問いかけたおあきを静かに制した麻が、

「苦労の十年があるからこそ、こうして私どもは神守幹次郎様と汀女様の幸せのおすそ分けを頂戴しております」

と言った。

「そう考えれば気は楽になる」

「そうでしたか、旦那様と汀女先生にはそんな難儀の十年があるから私どもも幸せなのでございますね」

おあきが得心したように言った。

「正月の膳が貧しいのはうちのような半端《はんぱ》職人の家だからと思うておりました」

「おあきさん、嶋村澄乃の家も同じです。かような正月は初めてでございます。浪人の父親とふたり、慎ましやかな正月でございました」

「なんだ、どこも貧しいのはいっしょなんだ」

と何度もおあきが頷いた。

「屠蘇のあとに下《くだ》り酒が吞める、至福じゃな」

麻が幹次郎の杯を替え、酒を注いだ。

「それがしがこんどは酌《しゃく》を致そう」

麻の新たな杯に酒を注ぎ直した。

「旦那様、わたしも口直しに少しだけお酒をください」

とおあきが願った。

「そなた、酒を嗜《たしな》むか」

「ただ今の屠蘇が生まれて初めてのお酒でした。ただ苦いだけかと思いましたが体がぽかぽかとしてきました」

とおあきが杯を手に幹次郎に催促した。

「少しだけじゃぞ。おあきに酒を呑ませたと言うたら、そなたの親父様に叱られよう」

と言いながら幹次郎がおあきの杯に半分ほど清酒を注いだ。するとおあきが、

「これがほんもののお酒ですか」

と口に杯を持っていき、

「やっぱり苦い」

と言った。

「おあきさん、そなたは雑煮を食しなされ」

と汀女は、正三郎が調理した京風の蓬萊を小皿に少しずつ取り分けて皆に配った。幹次郎は、

と叫んだ。


「正三郎さん、頂戴致す」

と吉原の方角を向いて礼を述べ、ぶりの焼き物に箸《はし》をつけた。

「ああ、甘いものまで入っています」

とおあきがぽーっと酔いに赤らめた顔できんとんを食し、

「わたし、お酒よりこっちがいい」

と叫んだ。

賑やかに五人が食する光景に地蔵が興奮したか、囲炉裏の周りを飛び跳ねてねだった。

汀女が小皿に黒介と地蔵の分をより分けて差し出した。地蔵は黒介の皿をちらりと見て急いで自分の分を食し、黒介の食べ物を狙う構えを見せた。黒介が先住の貫禄で追い払った。だが、地蔵も負けてはいなかった。

「地蔵、そなたはすでに食したぞ。こちらに来よ」

幹次郎が地蔵を呼び寄せ、傍らに控えさせた。

なんとも賑やかで贅沢な正月の宴《うたげ》が柘榴の家でいつまでも続いた。

「桑平様はどうしておられますやら」

汀女が思い出したように呟いた。

「未だ初七日も終わっておらぬのに昨夜は御用を務めておられた。七歳になった長男の勢助どのと五歳の延次郎どのはどうしておられるかのう」

「桑平様のお子様は七歳と五歳でございますか」

おあきが幹次郎に訊き、麻が、

「七つと五つの子を残して先立たれた雪様はさぞや無念でございましょうね」

「麻、八丁堀にも情を持った方々が住んでおられよう。勢助どのも延次郎どのもどなたかの屋敷に呼ばれておるのではないか」

幹次郎は雪の弔いの場で会った桑平の同輩同心伊勢谷喜左衛門のことを思い出しながら呟いた。

「そうあるとようございます」

「桑平家はしばらく哀しくも寂しい時節を過ごさねばなるまいな」

と幹次郎が言い、

「落ち着いたころ、わが家に来るように願ってある。その折り、ふたりのお子も連れてきてもらおうか」

「それがようございます」

と汀女が言って話が決まった。

七つ時分、幹次郎と澄乃は大門を潜った。

正月元日は吉原の大門も閉ざされて休みであることを告げていた。ために大門前には駕籠屋の姿もなく、客も見えなかった。

通用門から吉原に入ると、宗吉《そうきち》ら若い衆が立ち番をしていた。

「おめでとうござる」

「おっ、神守様と澄乃か、おめでとうございます。本年も宜しくお願いしますぜ」

と金次が待合ノ辻からやってきて新年の賀を祝した。

「金次、本年も宜しくお付き合い願おう」

と金次にも挨拶をした幹次郎が、変わったことはないか、と尋ねてみた。

「変わったことね」

としばらく考える金次に宗吉が、

「おい、江戸一の名主が朝早くによ、おれたちを睨みつけて大門の外に出ていかなかったか。その前に使いの者が駒宮楼を訪ねていったよな」

と言い、

「おお、なにごとかあったのかね、形相《ぎょうそう》が変わっていたな」

と金次も言い、

「でよ、おれらが江戸一の前に様子を見に行ったら、女将さんがおろおろしていたからよ、『女将さん、なんぞ出来《しゅったい》しましたかえ、手伝いましょうか』と訊いたらよ、えらい形相で睨まれたな。なんだい、おれたちは親切でさ、声をかけたのによ」

と言葉を添えた。

「なにがあったのか」

と幹次郎は金次に応じながら、娘婿の淀野孟太郎が身罷ったことが知れたなと思った。

「その他、異変はないな」

「どこもよ、雑煮を食ってのうのうと二度寝をしているんじゃないですか」

「われらも正三郎さんの蓬萊を馳走になってよい正月を過ごした。腹ごなしに廓内を見廻ってこよう。七代目にはそのあと年賀の挨拶に立ち寄ると伝えてくれぬか」

「正月だぜ、そう見廻ってもなにもねえよ」

と金次らもどことなくのんびりしていた。

「神守様、私も付き合わせてくださいな」

と澄乃が願った。

「ならば榎本《えのもと》稲荷から順繰りに四稲荷を拝んでいこうか」

幹次郎と澄乃は、吉原会所には立ち寄らず大門の右手に入り込んだ。

「昨晩の一件ですね。淀野家からどう知らされたのでございましょう」

「会所の若い衆を睨みつけたところを見ると、淀野孟太郎とそれがしが立ち合ったことが身罷った原因と承知しておるのではないか」

「駒宮楼がどう出て参りますか」

澄乃には、駒宮楼の娘婿の淀野孟太郎が神守幹次郎に執拗《しつよう》に狙いをつけていた曰くが今ひとつ分からなかった。だが、直参旗本の淀野家としては、吉原会所の裏同心神守幹次郎との尋常勝負に敗れ、身罷ったなどと監督支配の目付に報告ができるわけもない。淀野家を次男である弟に継承するには、寒稽古の最中に病で倒れたということにでもするしか手立てはなかろう。

昨夜の尋常勝負の背景には自分の知らぬことが隠されていると思った。が、そのことを口にすることは憚《はばか》られた。

ふたりはきれいに掃除がされた榎本稲荷に拝礼し、局見世の並ぶ西河岸をゆっくりと開運稲荷へと向かって進んだ。

西河岸では仲がよい女郎たちが集まって酒盛りをしていた。

「おや、神守の旦那かえ。一杯呑んでいかないか」

「おめでとうござる。本日はどこの楼でも正月を祝って酒盛りをしていよう。どこぞで一杯頂戴したとなると、われら、会所に戻る時分にはへべれけになっておろう。気持ちだけ頂戴致す」

と幹次郎が断わると、

「神守の旦那、初音姐さんを三浦屋の番頭新造に鞍替えさせたってね、わちきにもさ、そんな口があったら口利きしてくれないか。この歳で客の相手はいささか辛いやね」

と酒の勢いで掛け合う者もいた。

「その折りは、伝えよう。そなた、西河岸の」

「香見《このみ》姐さんです」

と澄乃は幹次郎が名を知らぬとみて即座に応じていた。

「それがしより澄乃のほうが頼りになるぞ」

「おうさ、神守の旦那、そのうちさ、女裏同心の尻の下に敷かれることになるよ」

と香見が言った。

幹次郎らは夕暮れ前の廓内をひと廻りして吉原会所に戻り、幹次郎は四郎兵衛のところに挨拶に行った。そこには玉藻夫婦もいて、茶を喫していた。どうやらどこぞに出かける身形だった。

「ご一統様、明けましておめでとうございます」

と挨拶した幹次郎は、

「正三郎さん、京の御節供料理、うちの女衆四人が大喜びで食しましたぞ。礼を申す」

「あちらで修業したことを思い出し思い出し作っております。いささか不出来であったかと心配しましたが」

「いや、よい味でござった」

「それはよかった」

と安心したように応じた正三郎と玉藻が、

「お父つぁん、正三郎さんの家に年始参りに行ってくるね」

と言い残して姿を消した。

「今年は七代目に初孫がお生まれです」

「まさかね、玉藻に子ができるなんて考えてもみませんでしたよ」

と言った四郎兵衛が、

「年始早々廓内の見廻りですか」

「女四人を相手に呑み食いするのも疲れます」

「おお、澄乃も柘榴の家で年越ししましたか」

「はい」

「駒宮楼は娘婿の死を知ったようですな」

幹次郎が頷き、

「江戸一の駒宮楼の前を通ってきましたが、なんとなくひっそりとして正月の雰囲気ではございませんでしたな」

「さあて駒宮楼がどう出てくるか、騒ぎ立てることはしますまい」

「それがしもそう思います。淀野家の代替わりが済んだあと、六左衛門様がどう出てこられるか」

「六日に名主の集いを催《もよお》す手はずになっております。その折りの反応を見て、向後の手立てを考えましょうか」

「四郎兵衛様、当初のお考え通り無理をなさらず許せるかぎりの時を使って答えを出してくだされ、お願い申し上げます」

「神守様、答えはひとつしかございませんでな」

しばし間を置いた幹次郎が、

「松の内に鉄砲洲《てっぽうず》に年賀の挨拶に伺います」

と答えた。

鉄砲洲の西には豊後国岡藩の上《かみ》屋敷があった。

四郎兵衛が首肯し、互いの肚の内が変わらぬことを認め合った。

第四章　幹次郎の謹慎

一

豊後岡藩七万三千石中川《なかがわ》家の江戸藩邸は、八丁堀の南側、鉄砲洲の西にあった。当代の藩主は九代目、二年前に就任した十七歳の中川修理大夫久持《なかがわしゆりのだいぶひさもち》であった。

黒紋付の羽織袴姿の神守幹次郎は京橋《きようばし》から御堀を伝い、八丁堀の南河岸を下り、中ノ橋《なかのはし》で南に折れて七、八丁進んだところにある岡藩の江戸藩邸の門前に立った。むろん幹次郎は岡藩の上屋敷であれ、中《なか》屋敷であれ下《しも》屋敷であれ、一度として訪ねたことはない。

他人の女房の汀女とふたりして藩を抜け、妻仇討として追っ手がかかる十年を過ごしたのだ。吉原会所に拾われ、陰の者として過ごすことになって一昨年のことだ、吉原会所に岡藩江戸留守居役《るすいやく》四十木元右衛門《よそぎもとえもん》と目付の笹内陣内《ささうちじんない》のふたりが訪ねてきて、藩主が代替わりして若い久持が就任したゆえ、

「復藩せよ」

との強引とも理不尽とも受け取れる命を受けた。

その折りは神守幹次郎があっさりと拒絶した。

こたびは神守幹次郎の意思で岡藩江戸藩邸を訪ねていた。

松の内の大名屋敷だ。正月の初登城を無事に済ませたか、江戸藩邸は森閑としていた。

幹次郎が通用門で訪《おとな》いを告げると、門番が幹次郎を見て、

「どなた様にございますか」

と丁寧な口調で尋ねた。

「神守幹次郎と申す。本日は年賀の挨拶に参った次第、留守居役四十木元右衛門様が居られるならばご挨拶申し上げたい」

「他藩のお方か」

「いえ、違います。されど四十木様とは面識がございましてな。お取り次ぎを願いとうございます」

門番はしばし考え、

「お待ち願いたい」

と玄関番の藩士に用件を伝えにいった。

幹次郎は長く待たされるであろうことは覚悟の上での訪問ゆえ、ゆったりと構えていた。四半刻《しはんとき》が過ぎ、半刻（一時間）が経ち、間もなく一刻になろうとしたとき、通用門が開き、若侍が姿を見せて、

「それがしに従われよ」

と命じた。

岡藩江戸藩邸は敷地一万一千坪《つぼ》余、敷地の東側には鉄砲洲が近く、瀬戸《せと》を挟んで佃島《つくだじま》と対峙しているゆえ潮風に磯《いそ》の香が漂っていた。

案内役の若侍は、無言で玄関前を過《よぎ》り、いずこともなく幹次郎を導いていった。不意に武道場らしき建物の前に出た。中では藩士たちが稽古をしている気配が伝わってきた。

「こちらにございます」

「ほう、岡藩では年賀の挨拶を武道場で受けられますか」

幹次郎の問いに若侍が困惑の表情を見せ、

「留守居役四十木様がお待ちです」

と返答した。

「さようか。お邪魔致す」

と淡々と応じた幹次郎は、

「ひとつだけお伺いしたい。藩主の中川久持様は在府にござろうか、それともお国許《くにもと》にお帰りであろうか」

「殿は参勤下番《かばん》にございます」

「有難うござった」

と礼を述べた幹次郎は履物を脱ぐと、腰の津田助直を外して右手に持った。

「こちらへ」

と道場の入り口に案内した若侍が、

「神守幹次郎様をお連れ致しました」

と道場に声をかけた。

「通せ」

と道場から返答があって、幹次郎が一礼して道場に足を踏み入れると四十人ほどの藩士たちが稽古をやめ、左右の壁板へと下がって幹次郎を見た。その中には憎しみの眼差しを向ける者が少なくなかった。

幹次郎は見所《けんしょ》に座す重臣に一揖すると、神棚に向かって拝礼した。重臣らに交じって、幹次郎が通う下谷《したや》山崎町《やまざきちょう》の津島傳兵衛《つしまでんべえ》の顔があることを確かめていた。だが、幹次郎が会釈することはなく、ただ静かに道場の床に座した。また津島も幹次郎に首肯することはなかった。

「神守幹次郎、何用じゃな」

と聞き覚えのある声が質した。顔は見ずとも目付笹内陣内と知れた。

「年賀の挨拶にございます」

「ほう、年賀とな」

「はい」

「そのほう藩を抜けて十数年が過ぎていよう。これまで年賀の挨拶をなしたことがあるやなしや」

「笹内どの、それがし、ご当家に挨拶のできる身ではございませんでした。故に欠礼《けつれい》を重ねて参りました」

「それがなにゆえ本年年賀に参ったな」

「先年、江戸留守居役四十木様とそこもとが吉原会所にお見えになり、復藩せよとの申し出をされましたな。復藩はお断わり申し上げましたが、恩讐《おんしゅう》を超えてと申された留守居役どのの言葉に縋り、年賀に参上した次第、ご迷惑でございましたか」

「おのれ、ぬけぬけと。そのほう、四十木様の恩情籠《こも》った申し出を拒みおったな。どの口から年賀などの言葉が吐けるや」

と笹内が怒鳴り上げた。

平然としてしばし間をあけた幹次郎が、

「年賀の儀が非礼と申されるならば、それがし、これにて失礼仕《つかまつ》ります」

と一礼して立ち上がりかけた。

「まあ、待て、神守幹次郎」

と留守居役の四十木が言った。そして、

「こちらにおわすは江戸家老中川久常《ひさつね》様じゃ」

と紹介した。

むろんかつて岡藩の馬廻《うままわ》り役《やく》十三石であった下士神守幹次郎に江戸家老と面識はない。中川姓《せい》といい久の一字を持つ名といい、藩主の分家《ぶんけ》筋であろうかと幹次郎は推量した。年齢は三十前後と思えた。

「神守幹次郎、そなた、その昔当家の家臣であったそうじゃのう」

「は、岡藩の下士にございました」

「ただ今は官許の遊里吉原会所の奉公人じゃそうな」

「吉原会所に拾われて奉公しております」

「そなたが当家を抜けた曰くはそれがしも藩主の久持様も仔細に存じてはおらぬ。なんであれ、歳月は恩讐を超えて憎しみを薄くするものと心得る。そなたの年賀もさように考えればよいか」

「江戸家老中川様、勿体なきお言葉、神守幹次郎、あまりの感動に身が震えております」

幹次郎は中川久常の忌憚のない言葉に正直な気持ちを伝えた。

「神守、吉原会所の務め、面白いか」

「それがし、吉原会所の陰の者にございますが、天職に出会《でお》うたような気持ちで奉公に努めております」

「そなた、全盛を誇った薄墨太夫を身請《みう》けした果報者《かほうもの》じゃそうな」

「ご家老、それがしは花魁を身請けする金子など持ち合わせておりませぬ。さるお方の遺言《ゆいごん》に従い、それがしが妓楼と仲介したのでございます」

「さるお方とは札差の先代伊勢亀半右衛門《はんえもん》じゃな」

「ようご存じでございますな」

「そして、当代の伊勢亀の後見をそなた、務めておるか」

「後見などというご大層なものではございませぬ。話し相手と思《おぼ》し召《め》しくださ
い」

「薄墨太夫は、ただ今どうしておるな」

「わが家に離れ家を建てて暮らしております」

「天下の薄墨を落籍し、離れ家に住まわせおるか。大名家の家臣では到底できぬ
相談よのう」

中川久常の言葉には悪意がなく、好奇心から質している様子があった。

「わが藩など伊勢亀に出入りすらできぬわ。そなたが申す天職とは、さような付
き合いを含めてのようじゃな」

と得心するように言った久常は、

「そのほう、剣一本で江戸の吉原会所やら伊勢亀やらと付き合いをなしてきたか
に思える。どうだな、年賀の儀は剣術の稽古でなしてはどうか」

と言い出した。

「ご家老、それがしに稽古をせよと申されますか」

「嫌か」

「いえ、剣術の稽古は楽しゅうございます」

「おお、そうか、ならば、神守幹次郎の相手をせぬか」

と江戸家老の中川が一同に呼びかけた。

「ご家老、それがし、一番手を務めとうございます」

幹次郎と同年配の家臣が名乗りを上げた。

「おお、大小姓番《おおこしょうばん》一ノ瀬左京《いちのせさきょう》か、しっかりと打ち合《お》うてみよ」

と久常が許しを与え、

「神守、そなた、江戸勤番《きんばん》になったことがないと聞いておる。一ノ瀬のことは知るまいが、当家では五指に入る以心流《いしんりゅう》の免許持ちじゃ」

「ご指導のほど願います」

と願った幹次郎は黒紋付の羽織を脱いだ。

一ノ瀬左京は木刀を手に道場の中央へと進んだ。

最前案内方を務めた若侍が木刀二本を手に、

「どちらが宜しゅうございますか、神守様」

と差し出した。

幹次郎は定寸より一寸（約三センチ）ほど長いと思える木刀を手にして、

「こちらをお借り致します」

と言葉をかけると、

「ご健闘を願っております」

と若侍が笑みの顔で幹次郎を送り出した。

そのとき、

「ご家老、最前、正月の祝い酒を頂戴致した。酔い覚ましというてはご両者に申し訳ないがそれがしに審判を務めさせてくだされ」

と津島傳兵衛が言い出し、

「おお、香取《かとり》神道流の津島傳兵衛先生の審判とは。ふたりして審判に恥じぬ打ち合いをせよ」

と中川が一ノ瀬と幹次郎に声をかけた。

白扇《はくせん》を前帯から抜いた津島傳兵衛が、

「勝負は一本、それがしの命に従うてもらう。ご両者、よいな」

と言い渡し、両者は首肯した。

一昨日のことだ。

幹次郎が、津島道場に稽古に行き、傳兵衛と近況を語り合うことになった。その中で傳兵衛が、

「神守どの、そなたの旧藩の江戸家老どのとはさる人の紹介で知り合いでな、この六日に呼ばれておるのだ。なあにお互い碁《ご》が好きでな、これまで何局か打ったが、まあ互角じゃな」

と言うのを聞いた幹次郎は、無益な争いごとを避けるためにわざわざ津島傳兵衛が岡藩の江戸藩邸に招かれている刻限に年賀と称して訪れたのだ。

一方、津島傳兵衛も神守幹次郎が岡藩の江戸藩邸をこの日のこの刻限に訪れたことになにか意図が隠されていると察して、自ら進んで審判を務めると言い出したのだ。

幹次郎と一ノ瀬は相正眼《あいせいがん》で構えた。

本日の幹次郎は相手の動きに合わせる心算であった。それに対して以心流の一ノ瀬は幹次郎の静なる構えに攻めで応じることにした。

すっ

と間合に踏み込むと正眼の木刀を不動の幹次郎の面に落とした。

むろん一ノ瀬は幹次郎の来歴を承知のようで、事が一合《いちごう》で済むなどと考えてはいない。弾《はじ》かれた木刀を胴に回し、小手《こて》を打ちと、目まぐるしいほどの連続攻撃で攻め立てた。

だが、幹次郎は悉《ことごと》く一ノ瀬の攻めを弾き、さらに次なる攻め手の対応に構えを移した。

攻め続ける一ノ瀬と受け続ける幹次郎の攻防は延々と続いた。攻め続ける一ノ瀬に疲れが見えた。攻めと攻めの間合が延びていた。

うーむ
と唸った一ノ瀬が胴に放ちながら間合を取るために幹次郎の傍らをすり抜けようとした。

その瞬間、幹次郎の木刀が翻って一ノ瀬の木刀を飛ばし、胴に軽く木刀を当てていた。

「神守幹次郎どの、胴一本」

とすかさず宣告した津島傳兵衛の言葉に幹次郎は一、二歩後退して互いが対峙した場所に戻った。

一方、一ノ瀬左京は茫然自失していたが、

「おお、これは無作法な」

と言いながら対峙の場に戻り、互いに一礼し合った。

「津島先生、なかなかの勝負にござったな」

と中川久常が津島に話しかけた。

「ご家老、お詫びせねばなるまい」

津島傳兵衛が見所の中川に言葉をかけた。

「詫びとはいかなる意でござるか」

「いえ、この神守幹次郎どのをそれがし承知でな、数年前よりわが道場に朝稽古に参られる御仁なのです。正直申して、それがしも手を焼く技量の主にござる。まさか本日、御当家の道場に神守どのが年賀にお出でとは知らなかった。なにかあっても互いのためならずと、審判の役目を買って出た次第にござる。お詫びとはそのことです」

「なんと、神守幹次郎は津島傳兵衛先生の門弟でござったか」

「門弟というより客分にござる」

津島傳兵衛の言葉を聞いた一ノ瀬左京が、

「津島先生、どうりでそれがしの以心流は神守どのに通じぬわけです。独り相撲を取らされました」

と苦笑いをした。

「津島先生、神守の剣術、それがしにはさほど強いとは思えぬがな」

と中川が津島に尋ねた。

「寛政の御世《みよ》、神守どののほど実戦を重ねた剣術家はおりますまい。それも吉原会所の御用が御用ゆえのことでございましてな、修羅場をかように潜り抜けてこられたわりには、いささか不遜《ふそん》な表現にござるが、血や死の臭いが神守どのには一切ござらぬ。それは相手の攻めに応じて戦った結果でござろう。いわば殺人剣にあらずして人助けのための活人剣ゆえとみましたがな。どうだな、神守どの」

「津島先生が申されるほどの剣術の域にそれがし到底達しておりませぬ」

とだけ答えた。

「津島先生、下谷山崎町の道場に参れば、神守どのと稽古ができますかな」

一ノ瀬が津島に尋ねた。

「むろん御用なきときはうちで汗を流しておられますでな。神守どのが稽古に参られるようになって、うちの門弟たちの技量が上がったことだけはたしかでござる」

大きく頷いた一ノ瀬が、

「神守どの、なんとしてもこの次は神守どのを半歩なりとも動かしとうござる」

と潔く言った。

この日、幹次郎と津島傳兵衛は肩を並べて八丁堀から東海道《とうかいどう》に出ると日本橋へと向かった。

「神守どの、そなたの願いは達せられたかな」

と津島傳兵衛が尋ねた。

「はい」

「なんぞ曰くがありそうな」

「津島先生には申し上げておきます。それがし、年余、江戸を留守にする所存にございます」

「それはまた寂しいな。で、本日の旧藩訪問と江戸を留守にすることと関わりがあるのかな」

「小賢《こざか》しい考えかもしれませぬ。されどこの一年余の歳月をなんとしても無事に過ごすための本日の旧藩訪問でございました」

「ほう、一年余の歳月を稼ぐためとな。それは吉原会所のためでござろうな」

「はい」

「ならばそなたが江戸へと戻られた折りに謎が解けますかな」

「津島先生にはそれがしが江戸へと戻った折りにすべてをお話し申し上げます。それまでかような中途半端な説明をお許しください」

「相分かった。そなたの剣は吉原会所のために生涯捧げられるようじゃな」

津島傳兵衛の言葉に幹次郎は頷き、

「さような剣の使い方をしてよいものかどうか、迷うこともありました。ですが、もはや迷いはございません、神守幹次郎、わが剣は吉原会所のために使います」

と幹次郎は尊敬する剣術の師の前で確言した。

「剣は時とともに使い方は変わろう。また立場立場で違《ちご》うて然るべきだ。百人の剣術家がおれば百通りの剣の活かし方を考えてよかろう」

と津島傳兵衛が幹次郎に諭すように言った。

二

この日、幹次郎は下谷山崎町まで師匠を送り、土手八丁から見返り柳《みかえりやなぎ》を横目によろよろと千鳥足《ちどりあし》で衣紋坂を下った。そんな幹次郎は満足げに俗謡《ぞくよう》のような文句を口ずさんでいた。

衣紋坂から五十間道に差しかかったとき、

「神守の旦那、珍しくご機嫌ですな」

と声がかかった。

幹次郎は外茶屋の間の路地を透《す》かし見た。

「おお、門松屋の壱之助どのか」

幹次郎はよろよろと読売屋に歩み寄った。

「なんぞ祝い酒でも馳走になりましたか」

吉原会所の裏同心が珍しく酒に酔っている姿に壱之助が質した。

「祝い酒な、松の内ゆえ酒はすべて祝い酒かもしれんな」

幹次郎の返事は緩慢《かんまん》な口調だった。

「どうなされましたな」

「うーむ」

と幹次郎が腰を落として茶屋の壁に寄りかかり、

「大きな声では言えん」

「神守様の声はふだんより大きゅうございますぞ」

と門松屋壱之助が注意した。

「おお、そうか、気がつかなんだ。腹を減らして酒を呑んではいかんな」

「神守様よ、そなたを有頂天《うちょうてん》にさせるなにがあったんだ」

「鉄砲洲の江戸藩邸に年賀の挨拶に参った」

「鉄砲洲の江戸藩邸って、なんだね」

「そなた、知らぬか。それがしの旧藩豊後国岡藩の江戸屋敷に決まっていよう」

「なに、神守の旦那は汀女先生の手を引いて脱藩したところに年賀に行ったのか。

そいつはおかしくないか」

「どう、おかしい、門松屋」

「だって妻仇討ってんで、岡藩の追っ手から十年逃げ回ったんじゃなかったか」

「昔の話だ。歳月は恩讐を消してくれるでな」

「殿様に会えたのか」

「殿は国許へ帰っておられたが、江戸家老の中川様らにお会いした。中川姓ゆえ分家かのう」

「恩讐の果てに手打ちをなしたというか」

「さあてそこまでは言えまい。じゃが、藩の道場で一ノ瀬様と申される以心流の遣い手と打ち合い稽古を致した。世が世であれば馬廻り役十三石の下士風情が木刀を構え合うなど許されぬ」

「おい、神守の旦那、おまえ様は吉原会所の裏同心、七代目の四郎兵衛様の腹心《ふくしん》だぞ。上士《じょうし》と対等に木刀を構え合ったのがそれほど嬉しかったか。むろんおまえ様が相手を一蹴《いっしゅう》したよな」

「うーむ、相手の手から木刀が落ちたで、それがしが勝ちを得たかな。なにやら遠い昔の話のようだ」

「かなり酔ってなさるね。で、江戸家老様はなんと言ったな」

「中川様か、満足げであったな」

「待て、おまえ様は旧藩に後ろ足で砂をかけて脱藩した下士だぜ。それがさ、江戸の吉原で売り出したからといって、ただ今の藩士の手から木刀を吹っ飛ばして勝ちを得た。江戸家老様は、『脱藩した下士風情に負けおって』と激高してもいいはずじゃねえか。それが満足げだって」

門松屋壱之助が首を傾げて思案した。

板壁に寄りかかった幹次郎の口から意味不明の俗謡が口をついて出た。

「まさか神守の旦那、西国の貧乏藩の藩士に戻ろうってわけじゃないよな。おまえ様、それで嬉しげな顔をしているのか」

「嬉しげじゃと、どうとでも考えよ。いささか気疲れしたわ」

と板壁に寄りかかった身を、

「よいしょ」

と言いながら立てた。

「おい、神守幹次郎様、おまえ様は結局旧藩に呼び戻されて嬉しいのか。馬廻り役十三石から家禄《かろく》がどれほど上がったよ」

「まあ、青山《せいざん》はわが胸にありだ。今宵は会所に泊まっていく」

と幹次郎がよろよろと歩き出した。

「おい、この話、読売に書いていいのか」

「好きにせよ。それがし、なにも話しておらんでな」

「じょ、冗談はよしてくれ。酔った勢いでべらべら喋《しゃべ》ったではないか。おりゃ、『好きにせよ』という言葉をはっきりと聞いたのだ。書くからな」

幹次郎は五十間道に出る間際に壱之助に向かってひらひらと手を振った。

「明日になって『知らぬ存ぜぬ』は通じないぜ」

門松屋壱之助は急ぎ読売屋の店に駆け出しながら、文案を頭で考え始めていた。

この日、吉原では五丁町の名主の集いが催された。

当然、その集いは終わっていた。だが、四郎兵衛に事情を訊こうと思ってこの刻限に幹次郎は大門を潜ったのだ。

会所には小頭の長吉が留守をしていた。

「おや、神守様がかような刻限に会所を訪れるとは珍しいな。七代目は奥におられる」

「名主の集いは終わりましたかな」

と問う幹次郎の声は平静に戻っていた。

「和《なご》やかに終わったようですな」

と長吉は含みのある言葉で応じ、頷いた幹次郎は四郎兵衛の座敷に通った。

「おお、戻られたか」

四郎兵衛は、幹次郎が本日旧藩の江戸藩邸を訪れることを承知していた。

「恙《つつが》なく集いは終わったようですね」

と問うた幹次郎に、

「まあ、予想の範囲内と申し上げましょうか」

と四郎兵衛が答え、

「あのお方のご機嫌はいかがでしたかな」

と幹次郎は尋ね返していた。

「江戸一の駒宮楼は全くひと言も発言しませんでな。他の名主方六人がこの集いの趣旨よりも、無言の駒宮楼の態度を最後の最後まで当然のことながら訝しんでおりましたな」

「やはり娘婿の淀野どのの死は駒宮楼には衝撃でございましたか」

幹次郎はあの場の勢いで淀野孟太郎を斃《たお》したことを悔いていた。

「やはり駒宮楼としては淀野孟太郎を直参旗本家から廃嫡《はいちゃく》させ、廓に入れて自分の跡継ぎにと考えていたことは明白ですな。それを神守様に潰された。怒り心頭の気持ちを必死で抑えておるという感じでした」

幹次郎は不意にこの一件の展開次第では、四郎兵衛と幹次郎の企てを阻《はば》まれるのではないかという考えが頭に浮かんだ。

「反対派の急先鋒駒宮楼が無言を貫き通したゆえ、名主会はほとんど昨年の集いから進展しないままに終わりました。ですが、なんとのう三浦屋さんと駒宮楼を除いた五人の名主方は、私の提案を真剣に考えてもよいという雰囲気に変わったように思えます。この見方は四郎左衛門様も同じとみて、最後にそう言い残して会所をあとにされました」

「駒宮楼はこのまま引き下がるとお思いですか」

「いや、それはありますまい。なんとしても神守様に一矢報《いっしむく》いたいと考えておりましょうな」

「時がかかるのは覚悟の上、駒宮楼の動きを見逃さずにおりましょう」

と言った幹次郎は、五十間道で読売屋の門松屋壱之助に、岡藩江戸藩邸での出来事を書くように唆したことを話した。

「なに、神守様は旧藩への年賀挨拶の一件を話されましたか」

「門松屋のことです。抑えた筆致でしょうが、旧藩がそれがしの復帰を望み、それがしがその申し出を喜んでおる様子であると、その程度のことは読売に書き立てるのではないでしょうか」

「となると、駒宮楼の態度も変わりますかな」

「これ以上、拙速《せっそく》に動くことはなくなるかもしれません」

と言った幹次郎は岡藩江戸藩邸の道場での出来事を告げた。

「ほう、津島傳兵衛先生が岡藩の江戸家老様と知り合いにございましたか」

と四郎兵衛は腕組みして思案した。

長い沈黙のあと、幹次郎は岡藩江戸藩邸の話を続けた。

「そのことは過日聞かされておりましたので、それがし、津島先生の江戸藩邸訪問に合わせて本日伺いました。津島先生にそれがしが江戸藩邸を訪ねることを話してはおりません。されど津島先生は、それがしが津島先生の江戸藩邸訪問に合わせたことには、隠された意があると察せられ、それがしと一ノ瀬様の立ち合いの審判を買って出られました。また先生は、江戸家老中川様が乗物を用意しておられたのを断わり、それがしが徒歩《かち》にて下谷山崎町までお送りして参りました」

「おふたりだけになって事情をお話しになりましたかな」

「いえ、それがし、近々江戸を離れることになるとは申しましたが、それ以上のことは江戸へ戻ったのちにお話ししたいと、言葉にすることはございませんでした。ですが、先生はそれがしの本日の旧藩江戸藩邸訪問と江戸を離れる意図は結びついていると考えられたようです」

幹次郎の報告に四郎兵衛が頷き、

「どちらも半歩前進といったところでしょうかな」

四郎兵衛は、岡藩の家臣の中には神守幹次郎の藩邸訪問に改めて反感を抱いた者がいることを察していた。

同時に五丁町の名主の中には幹次郎の言動を不快に思う面々が新たに出てくるのではないかと幹次郎は思った。


その夜、幹次郎は番方の仙右衛門といっしょに大門を出た。

引け四つ（午前零時）前の刻限だった。

幹次郎は本日、旧藩の江戸藩邸を年賀の挨拶に訪ねたことやその話を門松屋壱之助に喋ったことを告げた。

「おまえ様の行動には必ず裏があるからな。旧藩に年賀の挨拶だって、家臣のすべてが喜ぶわけじゃありますまい」

「馬廻り役の下士風情が妻仇討の騒ぎを起こした上に、歳月が過ぎたからと年賀の挨拶に姿を見せたことを快く思わぬ藩士の方はおられような」

「この行いの意図はなんですね」

「番方、吉原会所の代替わりにはそれなりの歳月がかかる。ゆえにそれがしが旧藩に復帰する気配を見せたことで、しばしの歳月が得られるのではないかと小細工を考えたのだ」

「本日の五丁町の名主の集いでは、駒宮楼が全く言葉を発さなかったと聞いておりますぞ。おまえ様の細工が駒宮楼に通じるかね」

「それがしが岡藩復帰を願っていると思い違えれば、それなりの時を稼げるやもしれませぬ。だが、相手方に次なる八代目就任工作の時を与えることになったとも考えられます。悩ましいところではある」

しばし仙右衛門は黙って歩いていたが、

「娘婿の直参旗本をおまえ様が斃したことに、父親の六左衛門様以上にお美津さんが怒っているというぞ。女の恨《うら》みは怖いからな、気をつけなされ」

「となると駒宮楼の親子には、それがしが復藩に浮かれているなど、小細工は通じぬか」

「通じぬかもしれん。お美津さんは屋敷から吉原に戻ってくるって話だ」

「どうしたものかな」

「考えるのは八代目になるおまえ様の仕事だ」

仙右衛門が突っ放した言い方で答え、

「神守様よ、久しぶりに岡藩を訪ねて、本気で復藩を考えたということはありませんかえ」

と矛先を変えた。

「それがし、岡藩城下の御長屋住まいの下士、家禄は十三石の身分であった。参勤交代にも呼ばれず、江戸藩邸を訪ねたのは初めてのことだ。改めてそれがしにはもはや武家奉公はできぬと感じた」

「たしか江戸留守居役の四十木なにがしと目付の笹内なる者が会所を訪ねてきたのは一昨年のことでしたな。あの折り、両人の口から神守様の復藩話が出たじゃありませんか、あいつらの行動を利用することですな。いや、こいつはおまえ様が読売なんぞに話すより、おれの口から『世相《せそう》あれこれ』の鼠《ねずみ》の忠次《ちゅうじ》辺りの耳に入れておきましょうか。となると復藩話が少しは真実味が増すんじゃないか」

「かもしれん」

「門松屋の読売にこの話が載ったとすれば、鼠の忠さんから必ずおれに問い合わせがこようからな」

仙右衛門が請け合った。

土手八丁を早駕籠が二丁連なって飛んできた。

引け四つに駆け込む客のようだと、ふたりは土手側に身を避《よ》けた。

ふたりの前を走り過ぎた駕籠が不意に停まり、女と武士が下りてきた。

「神守様、噂をすれば影、駒宮楼のお美津さんだぜ」

仙右衛門が小声で幹次郎に囁いた。

「奥方様、こたびはとんだことだったね、お悔やみ申しますぜ」

と仙右衛門が先手を打った。

ふん、
と鼻で返事をした淀野美津が、

「番方、おまえさんの連れが吉原会所の裏同心かえ」

「いかにもさよう、神守幹次郎様ですぜ」

淀野美津が幹次郎の前に歩み寄り、若づくりの侍が刀の柄に右手を置いて従ってきた。

「神守幹次郎、亭主の仇《かたき》は必ず討つよ」

と美津が言い放った。

「義姉上《あねうえ》、この場で成敗しますか」

と侍が美津に質した。

どうやら淀野孟太郎の弟善次郎のようだと、幹次郎は思った。

「お美津様、おまえ様、勘違いしてねえかえ。おまえ様の殿様は剣道場で倒れなさったと聞いたがねえ」

「番方、そんなごまかしが利くものか。会所の裏同心がうちの亭主をだまし討ちしたんじゃないか」

「お美津様、言葉には気をつけな。どうやらこちらのお方が義弟の淀野善次郎様のようだね。幕府の御目付に淀野孟太郎様病死のため、次男の善次郎様の跡継ぎの届けが出ていると聞いたんだがね。おまえ様方が妙なことをなすと、直参旗本二百三十石の淀野家はお取り潰しになるぜ」

仙右衛門は幹次郎も知らぬ情報を口にして牽制《けんせい》した。

「ちくしょう！」

と淀野美津がとても武家方の奥方とも思えぬ罵《ののし》り声で吐き捨て、

「番方、わたしゃ、決してこやつの所業を許さないからね」

と幹次郎を睨んで言い残すと駕籠に戻っていった。

幹次郎と仙右衛門の両人は黙って見送った。

駕籠が見返り柳の向こうで衣紋坂に消えたとき、

「やっぱり容易くは収まらないようだね。どうしたものか」

「番方、そなたがいて助かった」

と幹次郎が礼を述べ、

「われらのほうから動くことはなかろう。まず淀野美津の頭に上った血が下りるのを待つしか手はない」

と仙右衛門が応じて、ふたりは重い足取りで歩き出した。

幹次郎が仙右衛門と別れて柘榴の家に帰り着いたのは日付が変わった刻限だった。

その気配に仔犬の地蔵が気づき、わんわんと騒いで汀女と麻のふたりが玄関に姿を見せた。

「未だ休んでおらなかったか」

門を開ける汀女に問いかけると、

「幹どの、私どもの旧藩の江戸藩邸をお訪ねになったのです。話を聞かねば、いえ、幹どのの無事な姿を見ぬことには安心して眠れません」

と汀女が応じて、

「そうか、そうであったな」

と答えながら、もう一度話さなければならないかと幹次郎は覚悟した。

三

翌朝、幹次郎は聖天横町の湯屋に行った。すると身代わりの左吉が知り合いの隠居と話をしていた。幹次郎はちらと左吉に会釈して、隠居に、

「ご隠居、新年明けましておめでとうござる」

と松の内の挨拶をなした。

「おお、吉原会所のお侍か。このところ多忙とみえて朝湯に姿を見せなかったな」

「年末年始、仰《おつしや》る通りあれこれと雑用がございましてな、朝湯に来ることができませんでした」

「吉原に客が押し寄せているとも聞かぬがな」

「そのことですよ。景気のよいときは意外と騒ぎは起こらない。だが、あれこれとお上《かみ》から注文がつくこのご時世、なにかと御用が回ってきます」

「ご改革かえ。あれは奢侈、これは値《ね》がはる、倹約《けんやく》しろ、節約《せつやく》しろと馬鹿のひとつ覚えのように繰り返して世間の景気がよくなるものか。当然、お上の懐具合も推して知るべしだ。田沼意次《たぬまおきつぐ》様の時代が懐かしいという声が聞こえてくるな」

と油屋《あぶらや》の隠居が不平を述べ立てた。

「吉原もそのあおりを受けて客足が絶えてますな」

「当たり前だ。吉原なんてところはムダ金使って、内証がよくなる商《あきな》いだ。廓に出入りの呉服屋《ごふくや》だって小間物屋《こまものや》だって不遇《ふぐう》をかこっているんじゃないか」

「さすがに年《とし》の功《こう》ですね。湯屋にいて世間が分かっておられる」

「ふん、この程度は三《み》つ子《ご》だって承知の話だ。だが、どうすりゃ景気がよくなるか考えるのは、まっ、まっ」

と名を挙げかけた隠居が、

「くわばらくわばら、どなたかの名を挙げたりすると牢屋に入れられそうだ」

と苦笑いし、

「わしはこの辺で失礼しよう」

と言い残すと湯船を上がっていった。

柘榴口を潜って隠居の姿が見えなくなったとき、首まで湯に浸かっていた左吉が幹次郎の傍らに寄ってきた。

「すまねえ、神守様よ。安請け合いしたが、急な用事で年末年始、小伝馬町の別宅で休養にこれ努めておりましてな。どうやら事は進んだようだ。詫びのしようもない」

と言った。

「どうやら儲《もう》けているのは左吉どのだけのようだ」

「例の一件はどうなりました」

幹次郎は江戸町一丁目の名主にして駒宮楼の主の六左衛門が、吉原会所の跡継ぎの一件で強硬に反対していることが騒ぎになったことを、差し障りのないところまで話して聞かせた。

「なに、妓楼の娘を嫁にした直参旗本どのは三途《さんず》の川を渡りましたか」

「ところが昨晩、その奥方の淀野美津どのと義弟の善次郎どのに土手八丁で鉢合わせしましてな、たっぷりと嫌《いや》みというか、怒りの言葉を浴びせかけられました。

このままでは済みそうにない」

「脅し文句をだれに言うておるつもりですかな」

「いっしょに怒鳴られた番方に、『女の恨みは怖い』と言われました」

「とは申せ、相手が悪いやな。神守様は駒宮楼の娘とやらに会《お》うたのは初めてですかえ」

「われらが吉原会所に世話になる以前に廓を出て、淀野家に嫁に入っておられますので、会ったのは初めてです」

「神守様に女難《にょなん》の相《そう》が見られるのは珍しゅうございましょう。世間の女の大半は神守様の味方ですからな。年越しは女ばかりでなさったそうで」

「左吉どの、別宅にいて、よう世間の動きをご存じだ」

「牢屋敷ほど情報が飛び交う場もございませんや。吉原会所の裏同心どのが女四人に囲まれて年越ししたなんて話も伝わってきましたぜ」

「驚きました」

と言った幹次郎が、

「古女房も義妹も女裏同心も小女も、女という言葉でひと括《くく》りでござるか。なにやら大奥の公方《くぼう》様になった気分です」

と幹次郎が苦笑いした。

「ああ、そうだ。女といえば桑平市松の旦那のご新造が身罷ったそうですね」

「年の瀬に、この春七つと五つになる男の子を残して身罷られた」

「桑平の旦那、お力落としでございましょうな。牢屋敷で桑平の旦那の評判は、町奉行所の同心にしては珍しくよいお方でございましてな」

「通夜と弔いを過ごしたあと、初詣での宵から御用を務めておられた」

「桑平の旦那らしいや」

「それでありながら、それがしが淀野孟太郎と尋常勝負をなした現場に立ち会ってくれた」

「さすがに神守様だ。町奉行所の定町廻り同心を立ち会わせて勝負なされましたか。それでは駒宮楼の娘も動くに動けますまい」

「このまま弟が淀野家の跡継ぎに決まるとよいがな」

うーむ、と唸った左吉が、

「番方じゃないが、妓楼の出戻り娘は厄介かもしれませんな」

と呟き、

「どうやらこたびはわしの出番はなさそうだ」

と言い足した。

「左吉どの、それがし、しばらく吉原を離れることになりそうだ」

「ほう、旅にでも出られますかえ」

「まあ、そんなところだ」

「相変わらず吉原裏同心どのは多忙を極めておられますな」

と左吉が同情した。

「左吉どのと湯上がりに一杯呑みたいが、そんなわけでこれから吉原会所に顔出し致す」

幹次郎はそう言うと、

「頼みもあるのだ」

と言い足した。しばし考えた身代わりの左吉が、

「落ち着いたところで、ゆっくりと酒を酌み交わしましょうか」

と幹次郎を残して湯船から姿を消した。


この日、幹次郎が大門を潜ったのは四つ半の刻限だ。

「おい、裏同心の旦那、出仕《しゅっし》が遅いな」

面番所の隠密廻り同心村崎季光が幹次郎の前に立ち塞《ふさ》がった。

「そなた様方と違い、吉原会所の上がりは夜半前ですからな、湯屋に行って朝餉を食したら、かような刻限になります」

ふーん、と鼻で返事をした村崎が、

「そのほう、わしに隠しごとをしておらぬか」

「隠しごとですか、多々ありますで、どの一件でございましょうかな」

「なに、肚を割った付き合いのわれらの間に、さようにいくつも隠しごとがあるか。油断がならぬな」

と懐から読売を取り出して、

「この一件だ」

「この一件と申されますと」

と幹次郎は応じながら門松屋壱之助が素早く動いたなと思っていた。

「とぼけるでない。そなた、旧藩に年賀の挨拶をなしたそうだな」

「馬廻り役十三石の下士とはいえ父祖《ふそ》の代から世話になった藩ですからな、年賀の挨拶くらい致しますぞ」

「そのほう、上役の女房を奪い、脱藩した過去があろう。妻仇討で何年も逃げ回っていたのではないか」

「十年、追っ手から逃げ回る暮らしを強《し》いられておりました」

「いけしゃあしゃあと、よくさようなことが言えるな。さような所業をなした者が旧藩に年賀の挨拶とはおかしいではないか」

「村崎どの、歳月は恩讐を消すこともございます。一昨年、旧藩の江戸留守居役と目付が吉原会所に見えて、偶《たま》には江戸藩邸に顔を出せと温かいお言葉を頂戴致しました。ゆえに今年思い切ってご挨拶に参りました」

ふーん、と応じた村崎同心が、

「そのほうの名が江戸でいささか知られるようになり、旧藩から復帰せよと求められたのではないか」

「おや、さような話がございますので」

「とぼけるな。門松屋壱之助の書く読売はたしかと評判のものだ。それにそなたがべらべらと喋ったと載っておるぞ」

「なんとさようなことが。昨日、藩道場で稽古を務めさせられて、そのあと、酒を頂戴致しましたでな、どうやって鉄砲洲の藩邸から戻ってきたかよう覚えがございません。それがし、門松屋壱之助どのに会《お》うたのでしょうか」

「な、なに、そなた、酒に酔って読売屋に喋らされたことを覚えておらぬか。酔っ払って本音を口にしたな。で、旧藩ではそなたに家禄をいくら出すと申したな」

「さあて、さような話を聞きましたかな。なにしろそれがし、馬廻り役十三石の下士でしたからな。十三石より上でしょうな」

「おい、神守幹次郎、そなたが吉原会所で名を上げたのはこの面番所隠密廻り同心村崎季光の助勢があってのことじゃぞ。まずそれを忘れるでない」

「は、はい。むろんのことでござる」

「いいか。西国の馬廻り役十三石が妻仇討の騒ぎにて旧藩の名を汚《けが》したのだ。とはいえ、そなたが最前申したように歳月が恩讐を消したとなると、そうじゃな、二百五十石、いや、それはちと高過ぎかのう、二百石は要求してよかろう。なんならそなたの仕官話《しかんばなし》にこの村崎季光が一枚嚙んでもよいぞ」

「そなた様が一枚な」

「なに、わしの力を信じておらぬのか」

「いいえ、十分に承知しております。で、読売には何石と書いてございましたな」

「それは載せてないな」

「大事なところですがな」

「そなた、覚えてないのか」

「は、はい」

「やはりそなたも人の子じゃのう。復藩の話が嬉しかったのであろう。まあ、この辺が年貢の納めどきだ」

「村崎どの、やはり旧藩に復したほうがようござるかな」

「吉原会所の裏同心などとあやしげな職より、大名家の武家奉公がよいに決まっておるわ」

うーむ
と思案するふりをした幹次郎は、

「それがし、旧藩の現状を存じませぬ。これは一度城下に立ち戻り、汀女と暮らしていけるかどうか、見に行ったほうがようござろうな。そうだ、吉原会所にしばし休みを頂戴し、出かけて参りましょうかな」

「そなたの旧藩まで江戸からどれほどあるのか」

「陸路三百里でしょうかな。参勤交代も片道四十日と聞いております」

「な、なに、三百里じゃと、片道四十日じゃと。在所も在所、えらく遠いではないか」

「西国ですからな、それとも武家奉公より吉原会所勤めがようございましょうかな」

瞑目し、腕組みした村崎同心は思案に耽った。

その間に幹次郎はそっと吉原会所に入っていった。

事情を知る番方の仙右衛門が、にたり、と笑った。だが、金次らはなぜ急に幹次郎に旧藩への復帰話が出てきたか分からず、

「読売に書いてあるのはほんとうのことですかえ」

と質した。

「門松屋壱之助どのには一昨年の話をしただけだがな、よほど話のネタに困っておるのか、途方もない話になっておるようだな」

「門松屋はよ、妙な憶測《おくそく》で話をでっち上げる読売じゃないがな」

「まあ、そんな話もあったということを載せただけではないか。村崎同心どのはえらく関心を持っておられるな」

と幹次郎は他人事《ひとごと》のように言い、四郎兵衛に会うために奥座敷に向かった。

「門松屋壱之助さんが早速曖昧な読み物を載せたために、廓内に揣摩《しま》憶測《おくそく》があれ

これと流れておりますぞ、うちに問い合わせがございますからな」

と四郎兵衛が笑った。

「それがし、旧藩の城下に戻ることになりそうです。つい最前、村崎同心にさようなことをほのめかしてしまいました。ゆえに村崎どのは『世相あれこれ』の鼠の忠次辺りになにがしかで話を売りそうです」

「当分、神守様の動静が廓内で噂されそうですな」

四郎兵衛に幹次郎は頷き、話柄を転じた。

「駒宮楼のお美津さんと昨晩会った話は番方からお聞きになりましたか」

「聞きました。お美津さんは若いうちから勝気《かちき》な娘でしたからな、怒りが収まるのにはだいぶ歳月がかかりそうです。ただし、こたびの読売を六左衛門とお美津親子がどう受け止めるかによって向後の反応も違いましょうな」

「淀野家の跡継ぎに善次郎どのをと目付に申し入れたと聞きました」

「愚かな行いを繰り返さぬことを望んでおります」

首肯した幹次郎が四郎兵衛に質した。

「この次の五丁町の名主の集いはいつでございましょう」

「三浦屋の四郎左衛門様から、かような読売が出るようでは、五丁町の名主の間に合意があったほうがよかろうと。三日後に集いを開くことが急きょ決まりました」

幹次郎はしばし思案に耽った。

「なんぞ注文がございますかな」

「会所の陰の者であるそれがしの処遇を巡ってあれこれと噂が出るのは、決してよいことばかりではございませんでした。七代目、いったんこの話を取り下げられてはいかがですか」

「それはどうでしょうかな。神守様の八代目就任話が立ち消えになったとなると、一年後にまた話を蒸し返すのは難しくはございませんか」

「名主の集いで合意を得るのは、まずただ今以上に難しゅうございましょうな。これからの一年、あれこれと八代目候補が挙がってきましょう。一年後、然るべき方に内定しておれば、それまでのことです。それがし、潔く身を退《ひ》くか、許されれば陰の者として吉原会所勤めに戻していただくか、七代目と八代目の候補の御仁の命《めい》に従います」

こんどは四郎兵衛が沈思した。

「神守様、それで宜しゅうございますかな」

「こたびの件、いささか早計であったかと思います。理由の如何《いかん》を問わず、人ひとりの命が失われております。次なる名主の集いに、七代目から、それがしの八代目就任案の取り消しと謹慎を提案なされてはいかがですか。本気と分かれば駒宮楼の六左衛門とお美津親子も得心なされませんか」

「時を稼ぐと申されますか」

「いえ、いったん白紙に戻し、騒ぎの原因《もと》となった神守幹次郎は永《なが》の謹慎ですと申されるが宜しいかと。最前も申しましたが、一年の空白にてそれがしの存在が消えるようなれば、それまでのことです」

「本気で提案をせよと申されますので」

「いかにもさようです」

「理由はどうなされますな」

「それがしが旧藩への復帰を望んで策動《さくどう》していたということではなりませぬかな。読売がそのことを後押ししてくれましょう」

ふうっ
と四郎兵衛が深い吐息をついた。

「謹慎はいつからですな」

「本日ただ今、七代目四郎兵衛様に命じられたということで、それがし、即刻謹慎致します。正式な謹慎は名主の集いの場で報告なされば、受け入れられましょう」

しばし瞑目した四郎兵衛が、

「相分かりました」

と吐き出すと、文箱《ふばこ》から油紙《あぶらがみ》に包んだ書状らしきものを取り出し、幹次郎の膝の前に置き、質した。

「汀女先生は料理茶屋山口巴屋にこれまで通り勤めていただけますな」

「夫婦とは申せ、姉様とそれがしは別人です。宜しければ奉公を続けさせてもらえませぬか」

「助かります。玉藻の子供が生まれます。となると廓と浅草並木町のふたつを仕切るのはいよいよ難しゅうございますでな。汀女先生のお力は必要です」

「宜しゅうお願い申します」

と汀女のことを願った幹次郎は、

「七代目、大変お世話になりました。それがし、謹慎の命、謹んで承りました」

と頭を深々と下げた。

四郎兵衛は無言で頷いた。

幹次郎は奥座敷を辞去すると、会所に戻った。すると昼見世前の見廻りを終えた番方の仙右衛門以下、会所の奉公人の姿が揃っていた。

「なんだい、えらく深刻な顔をしておるな」

仙右衛門が幹次郎に訊いた。

「ご一統、永々世話になり申した、神守幹次郎かく礼を申し上げる」

腰を折り、頭を深々と下げた幹次郎は静かに吉原会所の腰高障子を引き開けた。

「ど、どうしたんだ、神守様よ」

と金次が言うところに四郎兵衛が姿を見せた。

「皆に申し伝える」

と四郎兵衛が言い、

「な、なんですかい、七代目」

と小頭の長吉が問い質した。

「ただ今、神守幹次郎に永の謹慎を申し渡した。そなたら、向後いかなる理由があろうと神守幹次郎に接触することを許さぬ」

と宣言した。

一同が茫然として言葉を失い、仙右衛門が、

「七代目、どうなさったんだ」

「読売に書かれた一件を認められた。ゆえに謹慎を命じ、次の名主の集いで正式に了承を得る」

と言い渡した四郎兵衛が早々に奥へと消えた。

四

吉原会所に重苦しい雰囲気が漂い、だれもが言葉を発しようとはしなかった。そんな日が続いた。

不意に面番所の村崎季光同心が姿を見せた。

「番方、神守幹次郎が期限なしの謹慎処分を受けたと聞いたが、どういうことか」

村崎はどうこのことを受け取ってよいのか判断がつかない表情をしていた。同時にこの一件が自分に得か損か考えている節も見られた。

「どういうことかって、わっしらも真相が知りとうございますよ」

「あやつ、旧藩の豊後岡藩に戻るのではないか」

「と、読売に書かれたことですかえ。読売の話なんて虚実《きょじつ》こき混ぜてございましょう。もし真実ならば、神守様のことだ。わっしらに前もって教えてくれませんかえ」

「わしにもなにも申しておらぬぞ。面番所は吉原会所を直に差配《さはい》致す、ならば七代目頭取も面番所にひと言断わりがあってもよいではないか。七代目はそのことについてなんと言っておる」

「この一件は本日の五丁町名主の集いで話し合われるそうで、それまでは」

「なにもなしか」

仙右衛門が頷いた。

「番方、そのほう、神守幹次郎とは親しき間柄じゃな」

「親しいかどうか別にして、まあそれなりに話せる仲とわっしは思うてましたがな」

仙右衛門は、もし七代目の四郎兵衛と神守幹次郎の間に考えの相違があったとしたら、幹次郎から極秘に相談された八代目就任話がこじれたのではないか、と内心では思っていた。だが、このことは村崎同心や会所の面々に告げる話ではない。

ふうっと大きな息を吐いた村崎同心が刀を置くと、どさり、と会所の上がり框に腰を下ろした。

「あやつ、このところ派手に動き過ぎたからのう。薄墨太夫を落籍したばかりか、あやつの家に住まわせておる。さらには三浦屋の振袖新造《ふりそで》が足抜《あしぬき》しようとしたとかどうとかで、三浦屋の四郎左衛門に入れ知恵して西河岸に落とし、四月《よつき》半後にはまた大籬の三浦屋に戻したな。番方、とかく世間ではな、出る杭《くい》は打たれるものよ」

「村崎様よ、だれが神守って杭を打ったんだね」

「そりゃ、七代目が命じたんだろうが」

「読売のヨタ話でですかえ」

話がまた元に戻っていた。

「わしがあやつの家を訪ねてみようか」

仙右衛門が、きいっと険しい眼差しを向けた。

「いかにも、吉原会所は町奉行所の監督の下にございますよ。だが、神守幹次郎ってお人は、吉原会所の公の奉公人でもねえや。面番所のおまえ様が訪ねて、なにをしようというんだよ。おれたちだって、当人に訊きたいのを我慢しているんだぜ」

番方の怒りを含んだ口調に、

「おまえらが会えないのならばと考えただけだ。それをさような目で見なくともよかろう」

と村崎同心が慌てて言い訳した。

「ともかくな、村崎の旦那、この一件は本日の五丁町の名主の集いが終わるのを待つしかねえ」

「そうか、そうだろうな」

と言った村崎同心が刀を手に上がり框から立ち上がりかけ、

「あやつ、どうしておるかのう」

と案じる言葉を漏らした。頼りにしていた人物がいなくなるのはなんとなく寂しいようにも感じているようだった。

「村崎の旦那は、神守幹次郎ってお人に幾たびも助けられておりますからな、それくらい案じてもいいかもしれませんな」

「番方、わしがいつ、あやつに助けられた。人というもの、苦しき折りに思いやるのが当然ではないか。番方、そのほうら、少しはわしを見倣え」

と言い放った村崎同心が会所を出ていった。

「ちぇっ」

と金次が舌打ちしたが、だれも応じる者はなかった。

澄乃はそのとき、天女池にいてこの一件について思案していた。これまで神守幹次郎の行動にはそれなりの理由があった。これまで幹次郎は自身のためではなく、人助けのために動いており、そのことで周りの人びとを驚かせ、そして、のちには得心させていた。

だが、こたびのことは神守幹次郎自身に降りかかった危難だった。こたび出来した一件の背後になにか隠されているのか、澄乃は悩んでいた。

八つ（午後二時）の時鐘が響いてきた。

五丁町の名主の集いが吉原会所の奥座敷で始まっただろう。そう考えた澄乃は、京町一丁目の大籬三浦屋の裏口へと蜘蛛道から蜘蛛道を伝って向かった。

裏戸を開けると、番頭新造のひとりとして振袖新造の相談に乗る役目に就いたばかりのおいつが、遣手のおかねと暗い顔で茶を飲んでいた。

「お邪魔してようございますか」

「澄乃さんか。こたびの一件、どういうことですね」

とおかねがいきなり尋ねた。

「私もどう受け止めてよいか分かりませんで、こちらを訪ねたのです」

「おまえさんなら、柘榴の家を訪ねて神守の旦那に直に訊くがいいじゃないか」

「それが、七代目に神守様に会うことは厳しく禁じられておりますので」

「なんてこった」

とおかねが言い、おいつが、

「おかねさん、澄乃さん、この話には裏があるよ。名主の集いが終われば、必ず神守の旦那は廓に戻ってこられるよ」

と言い切った。だが、三人にはなんの確信もなく、おいつの願望を込めた言葉を最後に、黙り込んだ。

五丁町の名主の集いに江戸町一丁目の駒宮楼六左衛門が出戻りの娘の美津を連れて出席した。

「駒宮楼さん、お美津さん連れとはどういうことですね」

七代目頭取の四郎兵衛が糺した。

「四郎兵衛さん、皆さん、お美津の旦那、直参旗本淀野孟太郎がこちらの裏同心神守某に殺められた経緯は承知でしょうな。淀野の屋敷を出てうちに戻らざるをえなかったんですよ。そんなわけでうちでは美津を私の跡継ぎにしようと思いましてね、名主の御用も覚えさせようと連れて参りました」

この返答に江戸町二丁目の相模屋伸之助が、

「これまで女衆が名主を務めたことがございましたかな」

とだれに訊くともなく言った。駒宮楼が、

「女が名主を務めてはいかぬという決まりごとがございましたかな、相模屋さん」

と険しい口調で質した。

「まあ、さような取り決めはございませんな」

と四郎兵衛が相模屋に代わり返答をし、

「ひとつだけ、本論に入る前に気になるお言葉が駒宮楼さんの口から漏れましたな。お美津さんの旦那を神守幹次郎が殺めたとの件ですがな、私はそうは聞いておりませんでな、そこは駒宮楼さん、訂正してくれませんかな」

と穏やかな口調で言った。

「四郎兵衛さん、女房の私の言葉が信じられませんか」

と美津が切り口上で言った。

「だいぶ経緯が違っておりましてな」

「七代目がだれからどうお聞きになったか知りませんが、わが夫の淀野孟太郎がさる知り合いの剣道場で師走の酒を酌み交わしているところに土足で上がり込み、いきなり孟太郎に木刀を振り翳《かざ》して殴りかかって殺害したのです。さような乱暴狼藉者《ろうぜきもの》を官許の吉原会所では雇っておられますか」

「お美津さん、私も神守幹次郎当人から報告を受けました」

「七代目、当人は都合よろしき知らせをなすに決まっておりましょうが、さようなことで七代目の頭取が務まりますか」

と美津が詰問した。

「お美津さんにお訊きしたい。なぜ神守がそなたの旦那の知り合いの剣道場に土足にて上がり込んだか、その理由をご存じか」

「礼儀知らずゆえでしょうが」

お美津の言葉に四郎兵衛がゆっくりと首を横に振った。

「その数日前の夜のことです。神守幹次郎と義妹の加門麻様、この遊里では薄墨太夫で知られた人物です、それに神守の同輩の嶋村澄乃が知り合いの通夜の帰り、そなたのご亭主、淀野孟太郎様の用人竜村大善なる者に指揮された不逞な輩に斬りかかられ、反対に竜村用人は手首を斬られて、淀野様お知り置きの鹿島新当流道場近くの金創医《きんそうい》新垣利庵先生の手で治療を受けた。さらには新年の初詣でに神守家の全員が浅草寺に行った隙に、神守の家に忍び込んだ者がおりましてな、どのような考えがあってのことか、飼犬の地蔵を連れ去った。そして、首輪だけをなんの警告か、わざと残していきましてな。そんなわけで神守幹次郎は、淀野家用人竜村大善が関わったと承知し、正月元日未明に鹿島新当流の道場に飼犬を連れ戻しに入り込んだと聞いております。ゆえに神守幹次郎は不逞の輩の巣窟《そうくつ》と勘違いして、土足で道場に入り込んだのですよ、お美津さん」

「ち、違います」

「ほう、どう違いますな。そなたの亡き亭主どのの用人竜村大善の手首に怪我はございませんかな」

「そ、それは竜村が道場稽古で受けた傷です」

「ほう、話がだいぶ異なっておりますな。ならばその場に同行した南町奉行所定町廻り同心桑平市松様のお話をお聞き致しましょうかな」

と四郎兵衛が言った。

「南町奉行所の定町廻り同心がなぜさような場に同行しましたな、嘘じゃ」

駒宮楼六左衛門が吐き捨てた。

そのとき、隣座敷の襖《ふすま》が開かれ、巻羽織に着流しの桑平市松が座していた。

「桑平様、そなた様がうちの神守幹次郎に同行したのは事実ですかな」

「事実です。その数日前の夜、女ふたり連れの神守どのを襲ったのが淀野家用人どのと、それがしの調べでも判明しておりましたからな」

「そ、そんな」

「嘘です」

と駒宮楼の親子が叫び、

「神守と桑平の旦那は昵懇の間柄でしょうが、信じられませんな」

と六左衛門がさらに言い足した。

「ならば、このお方はどうですか」

桑平の隣に壮年の剣術家と思える武士が立ち、一同に一礼するとその場に座し

た。しばし間を置いた武士が、

「それがし、佐久間町にて鹿島新当流道場を営む日比谷星吉景虎と申す。元日未明にわが道場で起こったことは、最前吉原会所の四郎兵衛どのが話された通りに間違いござらぬ。その上で、桑平市松どのより、直参旗本淀野家の存続にも関わる話ゆえ、淀野孟太郎どのと神守幹次郎どのとの尋常勝負で決着をつけられませぬかと提案があったのでござる」

そんな、と駒宮楼六左衛門が首を横に振った。

「尋常勝負を両者がお受けになりましたがな、神守どのは竹刀か木刀にて決着をつけたいと申されたが、腕に覚えのある淀野どのが真剣勝負を望まれた。そこで神守どのは木刀、淀野どのは真剣にての勝負と相成った」

その場にいた名主たちも息を呑んで桑平と日比谷の証言に聞き入っていた。

「勝負は一撃にて決しました。淀野どのの奥方が申される通り、木刀での一撃でござった」

その場を重い沈黙が支配した。

「それがしと日比谷先生とはあの未明に初めてお会いし、そして、ただ今二度目に同席しております」

「いかにもさよう。それがし、淀野どのとは長年の付き合いにござった。ゆえに淀野どのの武士としての最後の戦いを曲げて話すわけには参らぬ。それがしが知る事実にござる」

と日比谷と桑平が一礼して、隣座敷から姿を消した。

「お美津さん、ご承知いただけましたかな」

「金を使い、あのような話をふたりにさせましたな。そなたには七代目の資格はない」

と美津が叫び、立ち上がると五丁町の名主の集いの場から姿を消した。

ふたたび間を置いた四郎兵衛が、

「本論に入る前に私のほうからひと言訂正とお詫びをしとうございます。もはや承知のお方もあろうかと存じますが、過日の集いで最前から話題に出ておりました神守幹次郎を八代目にどうであろうかという申し出を致しましたが、いささか早計でありました。あの申し出は取り下げたく思います」

「ほう、それはまたどうしたことで。聞くところによると七代目は神守幹次郎様に謹慎を命じられたそうな、そのことと関わりがございますかな」

と京町二丁目の大籬喜扇楼正右衛門が質した。

ございます。神守は、先日旧藩豊後岡藩の重臣がたより、復藩を打診されたそうな」

「お断わりなされたのでしょうな。読売なんぞには復藩するが如《ごと》くに書かれておりますが」

と揚屋町の常陸屋久六が言った。

「私、この一件、一昨年末、岡藩の江戸留守居役四十木元右衛門様と御目付の笹内陣内様のご両人がこの会所に参られて、直談判《じかだんぱん》なされた場におりましたゆえ承知しております。こたび、年賀の挨拶に江戸藩邸に行き、その話をふたたび持ち出されたそうな。それは致し方ございません。ですが、その帰路、酒を呑んでいたとはいえ、読売屋に話すのはどうかと思いましてな、ここはいったん、過日の話を取り下げようと考えました」

「謹慎はどれほど続きますかな」

と伏見町の壱刻楼蓑助が糺した。

「ただ今のところ期限は決めておりません。その折りは名主の方々に相談して決めるべきかと存じましてな」

「謹慎よりこの際、裏同心など廃止してはどうか」

か」

と駒宮楼が言い出した。

「駒宮楼さん、そなたが言える話ではございますまい。最前の話、忘れなさった

江戸町二丁目の相模屋伸之助が呆《あき》れ顔で言い、

「神守様を苦衷《くちゆう》に追い込んだのは、そなたですぞ」

「相模屋さん、私がなにをしたというのです」

「娘婿どのの死、公になれば直参旗本の淀野家はお取り潰しになりますぞ」

「この私とどんな関わりがあるというのです」

「おまえさんはお美津さんを未だ駒宮楼の後釜に据える考えを捨てておられませ

んな」

「いけませぬかな」

駒宮楼と相模屋の口争いになった。

「話を元へ戻しませんか」

とそれまで沈黙を守っていた三浦屋四郎左衛門がふたりの口論《こうろん》に割って入った。

両人が総名主の仲裁に黙り込み、

「神守幹次郎様の謹慎は別にして、本騒ぎが落ち着くまで吉原会所の七代目を務

められますな」

と四郎左衛門が四郎兵衛に質した。

「皆さんのお許しがあればそうさせてもらいましょう」

「ならば七代目の頭取留任をどうするか、ご一統のお考えをお訊きしましょうかな」

と駒宮楼が言い出した。

「駒宮楼さんはどうなのだ」

と相模屋伸之助が問うた。

「反対じゃな」

と駒宮楼がはっきりと言い切り、一同を見回した。

「私は七代目を信任しますでな」

喜扇楼正右衛門が言うと、なんとそれに続いて相模屋も池田屋も常陸屋も壱刻楼も信任に回った。

意思表明をしていないのは総名主の三浦屋四郎左衛門だけだ。

「み、三浦屋さん、あんたはどうなのだ」

と駒宮楼が質した。

「もはや決着がついておりましょう。しばらく吉原会所は、この七代目体制で官許の吉原を続けていくことですな」

四郎左衛門が賛否を表明せずに事が定まった。

「私は反対です、このことをとくと覚えておいてくだされよ」

と言い残した駒宮楼が、師走の会合のときと同じように集いが終わってもいないのに辞去していった。

第五章　新たな旅路

一

　謹慎を命じられて以来、幹次郎は柘榴の家を出ることはなかった。

　汀女と麻には吉原会所の七代目頭取四郎兵衛より無期限の謹慎を命じられたことを告げた。麻は驚きの表情を見せたが、汀女は顔色ひとつ変えることはなかった。ただひとつ、

「私が浅草並木町の料理茶屋山口巴屋に出勤することは止められなかったのですか」

「それがしはそのことも四郎兵衛様に尋ねた。すると姉様が山口巴屋で働くことは差し障りがないと申された。ただし、それがし、廓内で手習い塾を続けるかど

うかについては尋ねなかった。おそらく次の五丁町の名主たちの話し合いで、姉様が廓内に出入りすることの是非《ぜひ》も話されると思うたからな」

「相分かりました」

と汀女が答えた。

麻はなにか尋ねたい様子を見せたが、

「麻、四郎兵衛様と幹どのの話し合いの結果です。名主会の結果を待ちましょう。それまであれこれ推量で話したところで無益なことです」

と汀女が止めた。

柘榴の家では、幹次郎が外に出ないだけで、他の者の暮らしは全く変わることはなかった。

幹次郎は庭に出ると、津田近江守助直を腰に差し落とし、加賀国の外れで習い覚えた眼志流の居合の型稽古を無心に繰り返した。

翌日も未明に起きて真剣を抜き打つ稽古をひたすら繰り返した。そんな幹次郎を見ながら、麻は必死で感情を抑えている様子を見せていた。

一方、仔犬の地蔵と先住猫の黒介は、幹次郎が一日柘榴の家にいることを喜んだ。地蔵は庭に出て、幹次郎が抜き打ちを繰り返す傍らで走り回った。

吉原の名主たちの集いが終わった日の夕刻、四郎兵衛の書いた書状を澄乃が届けてきた。だが、澄乃は柘榴の家の門を入ることなく、なにか話したい顔で門の外からおあきに、

「四郎兵衛様からの書状にございます。神守幹次郎様にお渡し願えますか」

と願った。おあきが、

「澄乃様から旦那様に直にお渡しください」

と言うと、哀しげな顔で澄乃が顔を横に振り、踵《きびす》を返して吉原へと戻っていった。

その夜、桑平市松が訪ねてきた。

幹次郎がおあきを通して謹慎を理由に桑平との面会を断わったが、

「わしは吉原会所の者ではない。南町奉行所の同心だ。吉原会所の命はそれがしには関わりがなきこと」

と言って、桑平市松は柘榴の家に足を踏み入れた。

幹次郎は致し方なく母屋の座敷で桑平市松と両人だけで対面した。

「本日、五丁町の名主の集いがあってな。わしも道場主日比谷どのも呼ばれて、

淀野孟太郎の一件は証言したで、そなたと淀野孟太郎が尋常勝負の結果、事が決着したことを皆が知ることになった。駒宮楼親子は、そなたにいきなり木刀で殴り殺されたと憤《いきどお》っておったが、わしと日比谷どのの説明で真相を知ったというわけだ」

桑平の言葉に幹次郎は驚いた。

桑平ばかりか鹿島新当流の道場主日比谷星吉景虎までをも名主会の席に呼んで証言させたとは、四郎兵衛の用心深い考えが結果を生んだと思った。

幹次郎は、桑平が四郎兵衛の要請を受けてくれたことに感謝を込めて黙礼した。

「そんなことはもはやどうでもよい。そなたの謹慎とやらはどうなったのだ」

「永の謹慎と決まった」

「改めて訊くがそなた、謹慎に当たるような無法を吉原会所になしたか」

「それがし、いささか早とちりして旧藩への復帰話を読売屋に話してしまった」

「門松屋壱之助にじゃな。わしは壱之助に会い、その折りの様子を糺した。そなた、酒に酔うていたそうな。そのことも珍しいが、そなたが読売にさような大事を書いてもよいと申したには、なにか仕掛けがあるのだと、壱之助は考えながら読売にしたそうだ。この一件、裏があるのだな」

「裏もなにもない。吉原会所に世話になりながら、かようなことを四郎兵衛様に断わりもなしに読売屋に喋ったのは実に愚かであった」

と幹次郎が繰り返し同じ言葉を重ねた。

しばし沈黙した桑平が、

「そなた、旧藩豊後岡藩に復帰するつもりか」

「岡藩ではそれがしを御番頭《ごばんがしら》四百五十石で改めて召し抱えたいそうだ」

「神守どの、そなたの日ごろの言動を見てきたわしにとって、もはや武家奉公などないものと思うていたがな」

「吉原会所にわれら夫婦、救われた恩義がござる。ゆえに吉原会所には末永く勤めたかった。だが、こたびのそれがしの軽率は名主方も許されまい」

「永の謹慎はいつまで続く。いや、吉原会所への復帰はあるのであろうな」

「それは四郎兵衛様と名主たちの考え次第だ」

「そなた、永の謹慎に従う心算か」

「致し方あるまい」

桑平市松と幹次郎の話は堂々巡りになった。

大きな息を吐いた桑平が、

「神守幹次郎どの、頼みがある。軽々しい決断をせんでくれぬか。わしはそなたがおらぬ吉原会所、いや、江戸など考えられぬ」

幹次郎は友の心遣いにただ無言で頷いた。


翌朝、幹次郎が庭で稽古をしていると浅草田圃の向こうから見張る眼を感じた。だが、知らぬふりをしてひたすら稽古に没頭した。

そんな日々が淡々と続いた。

ときに麻が離れ家から幹次郎の稽古を見ながら、

「幹どの、茶を点《た》てました。一服なさいませぬか」

と声をかけることがあった。そんな折りは手拭《てぬぐ》いで顔と手の汗を拭い、離れ家の縁側に腰を下ろした。

この日は抹茶《まっちゃ》だった。

「頂戴しよう」

幹次郎は茶碗を手にして新春の光が照らす庭と柘榴の木を眺めた。

「麻、苦労をかけるな」

「いえ、私はなにも苦労などと思うておりませぬ」

「そうか」

幹次郎は両手にしていた茶碗をゆっくりと口に運び、抹茶を喫した。

「気分が変わるな、なにか胸の中から蘇《よみがえ》ってきたようだ」

「幹どの、退屈ではございませぬか」

「これまでが忙し過ぎたのだ。偶にはかようなことがあってもよかろう」

「いつまで続くのですか」

「さあてそればかりは四郎兵衛様の胸三寸《むねさんずん》にあり、だな」

「私どもの京行きも頓挫《とんざ》でございますか」

「ということかのう」

と幹次郎は応じるしかなかった。

吉原会所では番方の仙右衛門が黙したまま、火鉢の灰を火箸でかき混ぜていた。

「今日も神守様は来ませんよね」

と金次が尋ねた。

「謹慎が解けたって話は聞かないな」

「いつまで続くんですかね」

「おれに訊くんじゃねえ」

「といって七代目にわっしら風情が訊けませんよ」

「番方、もしかして神守様は本気で古巣の岡藩に戻る決心をしたんじゃございませんかね」

と小頭の長吉が話に加わった。

番方の視線が澄乃に向けられた。

「澄乃、おまえ、神守様に四郎兵衛様の書状を届けたな。神守様はなにか言っていたか」

「番方、七代目から柘榴の家の敷地の中に半歩たりとも入ってはならぬと命じられての文遣いです。おあきさんに書状を渡して引き返してきたのです」

「おあきはなにか言ってなかったか」

いいえ、と澄乃が首を横に振った。

「澄乃よ、神守様は家にいる気配だったか。まさか昔奉公していた大名家に引っ越したってことはないよな」

「金次さん、いくらなんでもそれはありますまい。もしそうならそうと身内には話しておられましょう。私は神守様が家の中で謹慎していると思いますね」

と澄乃が言い切った。

だよな、と金次が応じて、澄乃は息苦しい会所の雰囲気に耐え切れず見廻りに行くことにした。

吉原会所の雰囲気がこれほど淀《よど》んでいるのは、吉原生まれの仙右衛門にも初めての経験だった。

昼見世の刻限だ。

澄乃が見廻りに行くと知った遠助がよろよろと従ってきた。

水道尻まで澄乃と遠助は歩いていった。すると火の番小屋の番太の新之助が澄乃を見て、

「おい、一体全体会所はどうなっているんだ」

と尋ねた。

「番方すらどうなっているのか判断がつかないようで、皆が苛立っているの。私になんか分かるわけがないわ」

「門松屋の読売の話はほんとうのことか、神守様が西国の旧藩に戻るという話だよ」

「そんな話がふたりの間にあったのだと思うわ。でも、神守幹次郎様が本気で考

えているなんておかしいわ」

「おかしいな。こいつにはなんぞ裏があるぜ。番方もおれたちも知らないようなことがな」

「と、思いたいけど、こんな嫌な雰囲気初めてよ」

「澄乃さんよ、こりゃな、下手《へた》に動いちゃならねえ。今は黙って成り行きを見ている他はあるまいよ」

新之助の言葉に澄乃は頷いた。

澄乃が最前まで足元にいた遠助の姿がないので辺りを見ると、なんと京町一丁目の角見世三浦屋の前にいた。そして振袖新造の桜季と大籬越しに見つめ合っていた。

「遠助は桜季さんが恋しいのかね」

と呟く新之助と別れて、三浦屋の張見世に向かった。すると籬の間から片手を差し出して遠助の顔を撫《な》でた桜季が、顔を上げて澄乃を見た。そして、目顔《めがお》で表口を入ってと合図した。

「遠助、ここで待っているのよ」

と言い残した澄乃は暖簾《のれん》を潜って土間に入った。

陰の者の澄乃たちが妓楼の暖簾を潜ることは滅多《めった》にない。だが、籬を挟んで女同士が話し合うのも妙な勘繰《かんぐ》りを受けかねない。澄乃は、桜季の用件がなにか分かった上で素直に従った。

「澄乃さん、どうなっているの」

と桜季がいきなり訊いた。

「神守幹次郎様の謹慎の一件ですね。たった今も火の番の新之助さんから訊かれたばかりです。私どもはなにも知らない、分からないのです」

「吉原会所を辞めて、元の大名家に武家奉公するって話を聞かされたんだけど、それも分からないの」

「読売に書かれたこと以外。でもそれが真かどうかも分かりません」

と応じた澄乃は、四郎兵衛に命じられて柘榴の家に文遣いをした折りの様子を語り聞かせた。

「神守様は家にいるのね」

「謹慎しておられる感じでした」

「なんていうこと」

「桜季さん、新たになにか分かったら必ずお知らせします」

と約定《やくじょう》した澄乃はすぐに三浦屋を出た。

「桜季さん」

と遣手のおかねの声がして、桜季は、

「はい。直ぐに戻ります」

と慌てて中に入ろうとした。

「ちょっと待ちな」

と引き留めたおかねが、

「女裏同心は神守の旦那のことをなにか言っていたかえ」

と尋ねてきた。

桜季は、おかねも神守幹次郎のことを案じて声をかけてきたのかと安心しながら、澄乃から聞いたわずかな話を告げた。

「なんてこったね、こんどは神守の旦那自らがどつぼに嵌《はま》っちまった。この一件にもなにか私らの知らない裏があると思うんだけどね」

と長年の付き合いであるおかねが呟いた。

夕暮れの刻限、身代わりの左吉が人目を忍んで柘榴の家を訪ねてきた。幹次郎の住まいを訪ねるのはこちらも初めてのことだ。

「神守様が謹慎とは妙な按配《あんばい》でございますね」

対面するなり左吉は言った。

「左吉どの、それがしも墓穴を掘ることがある」

と幹次郎は言い訳した。

「で、豊後岡藩に復帰しなさるか」

「さあてな、吉原会所の一存次第じゃな。これ以上、欠礼を重ねるわけにもいくまい」

と幹次郎が曖昧な返答をした。

「神守様がこの一件で真実を答えるとも思われません。こいつは時の経つのに任せますか」

と言った左吉が、

「神守様は妓楼の娘が嫁入りした先の貧乏旗本を始末したようですな」

身代わりの左吉の情報網は吉原会所とは違った人脈で成り立っていた。ゆえにこの一件をどこぞで小耳に挟んだとしても不思議はない。

「ちと事情があってな」

「むろん吉原関わりの事情でしょうね。わっしはこたびの謹慎騒ぎにも深い関わりがあるとみているがね」

と左吉が言い、幹次郎は答えなかった。

「貧乏旗本は、実弟を跡継ぎにと目付に届けを出したらしいですな。だが、旗本家からの届けを目付も即座には受け取らず、跡継ぎ話が宙に浮いておるとのこと。小普請組の旗本を潰す曰くがあるのかないのか、実弟も妓楼も目付が直ぐに届けを受け取らないことを訝り、吉原会所が裏で手を回していると勘繰っているそうな」

「それはあるまい。左吉どのが推測されるように勘繰りだな」

と幹次郎が答えると、左吉が、

「実弟を承知かね、神守様は」

「それがしが斃した直参旗本の奥方どのと実弟に偶さか土手八丁で深夜に出会ったな。実弟も剣を遣うとみたが、兄とは流儀が違うのではないか」

幹次郎は土手八丁で出くわしたときの印象から、弟は鹿島新当流日比谷道場の門弟ではないと考えていた。また実弟の淀野善次郎が日比谷道場の門弟ならば、日比谷星吉景虎が四郎兵衛の名主会への呼び出しを受けることはなかったろうと思った。

左吉が大きく頷き、

「弟ですがね、居合の林崎夢想流《はやしざきむそうりゅう》の遣い手と聞いております。神守様が謹慎していようがどうだろうが、あやつ、旦那を狙っておるのは間違いない」

と言い切った。

「そなたの調べに鹿島新当流日比谷道場の名が出てくるかな」

幹次郎は念のために尋ねてみた。

「そっちは神守様に始末された兄貴とのつながりですな。日比谷様は一応話の分かる剣術家のようです」

身代わりの左吉の調べは行き届いていた。

「それがしが斃した旗本どのと昵懇の付き合いをしていたそうだが、左吉どのが申される通り、日比谷様は道理をわきまえた剣術家だと思う」

でなければ、四郎兵衛の話に乗って吉原会所の名主会の場で証言など承知するまいと幹次郎は判断した。

「弟は、麴町《こうじまち》三丁目裏手の林崎夢想流居合術、権田原甚右衛門《ごんだわらじんえもん》の道場で十数年修行を積んでおるようです。この者が兄の跡目を継ごうと継ぐまいと、神守幹次郎の前に必ず現われますぜ。兄同様に姑息《こそく》な手を使うかもしれない。わっしが柘榴の家を訪ねた曰くです」

と身代わりの左吉が話を終えた。

「左吉どの、精々用心しよう」

「念のため汀女先生の帰り道は気をつけたほうがよいでしょうな」

と左吉が念押しするように言い聞かせたが、過日、幹次郎が頼みがあると言ったその内容は聞きそびれた。

二

幹次郎は、柘榴の家の裏庭から伊之吉なる無法者が仔犬の地蔵を攫っていった折りに乗り越えた竹垣をおあきの父親に修繕させ、その折りに枝折戸《しおりど》を設けさせた。

どうせ乗り越えられる程度の竹垣ならば戸をつけて、万が一の折りに浅草田圃への逃げ道に使おうと思ったのだ。

その枝折戸を通って浅草田圃に出ると浅草寺の奥山の一角に入り、境内を抜けて、浅草並木町の料理茶屋山口巴屋に向かった。

その懐には奥山の女芸人から出刃《でば》打ちを習った折りに使っていた小出刃が忍ばされていた。

面体《めんてい》は深編笠《ふかあみがさ》に隠し、着流し姿で吉原に遊びに行った帰りの勤番者といった形だった。むろんこの行動は、麻とおあきが承知だった。だが、ふたりには汀女に知られないようにしてくれと口止めしていた。

汀女が山口巴屋を出るのは五つ（午後八時）から五つ半時分だ。

ときに足田甚吉《あしだじんきち》といっしょのこともあった。浅草並木町から浅草寺境内に入って本堂の前で合掌し、随身門を通って寺町の間を柘榴の家へと向かった。

この行程を違《たが》えることはなかった。

最初の夜、幹次郎は己の他に汀女を見張って動く者の影を認めた。身代わりの左吉だと思った。なぜならば幹次郎の姿を見たら、その者の気配が消えたからだ。

幹次郎は汀女が柘榴の家に入るのを見届けると、寺との間の路地を抜けて浅草田圃から裏庭に戻り、深編笠を脱ぎ、刀を用意していた木刀に持ち替えて稽古をしているふりをした。

汀女は幹次郎の行動に気づいている風でもあり、また全く気がついていない表情でもあった。

そんな日々が続いた。


その夜、澄乃は金次といっしょに廓内の見廻りに出た。

「澄乃よ、言っても詮無《せんな》い話だが、神守幹次郎様はよ、会所に戻ってくるのかね。それとも謹慎に嫌気がさしてよ、昔いた岡藩だか、竹田藩に偉くなって戻る気じゃねえか」

「私には推量もつきません」

会所内でのもっぱらの話題は幹次郎のことだった。

「なんだか、会所がよ、気抜けしたようじゃないか。番方だって黙っているがよ、寂しがっているな。いや、頼りにしていた朋輩がいなくなって、どうしていいか分からないって感じだよな」

澄乃は番方の仙右衛門の沈黙を訝しんでいた。なにかを承知していての沈黙ではないかと疑っていた。また四郎兵衛が番方を奥座敷に呼ぶことは滅多になく、仙右衛門が時折り奥に注意を払っている風に見受けられることもあった。

そんな表情を見て、四郎兵衛と仙右衛門の間に神守幹次郎の処遇を巡って、「溝《みぞ》」があるようにも思えた。

「神守様と番方は会所の中でも格別の間柄でしたからね、番方もこたびの一件には胸を痛めていると思いますよ」

ふたりは小声で喋りながら、水道尻から京町二丁目にぞろ歩いていった。

小見世《こみせ》（総半籬《そうはんまがき》）の新嬉楼《しんきろう》の籬を挟んで男が遊女に話しかけていた。職人風の形だが、表情は真剣だった。

「お春《はる》」

と男が不意に叫んで籬越しに遊女の袖を摑み、引っ張った。

「お客さん、やめてくれませんかね。春糸《はるいと》はうちの売り物なんだよ、登楼するならば表口に回って手続きをしてくれませんかね」

と新嬉楼の男衆が男の手を振り放そうとした。すると男が叫んだ。

「お春はおれの女房だ」

「商いの邪魔をしてはいけねえな。昔、おまえさん方がどうだったか、知らないわけじゃないが、今は籬の向こうの女は春糸って女郎だ。抱きたいのならばさ、銭出して楼に上がりなせえよ」

男衆が男の腕を引っ張った。

すると男の手に仕事用の道具と思しき鑿《のみ》が握られていて、

「お春を殺しておれも死ぬ」

と酒臭い息といっしょに喚《わめ》くと鑿を振り回して楼の男衆を振りほどいた。

「おまえさん、やめて」

女郎の春糸が叫んだ。

そのとき、金次と澄乃が男の両脇から寄り添うと鑿を握る右腕を金次が、そして、もう片方の腕を澄乃が摑んだ。

「お客さん、話はおよそ察したぜ。だが、鑿を振り回して女郎を殺すなんて冗談でも口にしちゃならねえ。鑿を離しねえな」

と金次が言ったが、

「冗談で生き死にが言えるものか、本気だ。離してくれ」

と鑿を持った手を金次に向けようとした。

その瞬間、鑿を握った手首を澄乃の手刀が打ち、ぽろり、と鑿が手から落ちた。

澄乃の草履《ぞうり》が鑿を押さえて、男が、

「ち、ちくしょう」

と叫ぶと涙をぼろぼろとこぼし始めた。

「吉《きち》さんさ、この客を会所に連れていっていいかね」

と金次が言い、新嬉楼の男衆の吉造《きちぞう》が、

「こんな愁嘆場《しゅうたんば》は商売のさまたげになるよ。そいつに会所で分からせてくんな、そうじゃなきゃ、腕の一、二本もへし折ってよ、思い知らせてくんな」

と金次と澄乃に言った。

「分かった」

という言葉が金次と澄乃の背後からした。振り返るまでもなく番方の仙右衛門だった。

「番方か、二度とこんな真似をしてもらいたくないや」

と吉造が言い、籬の中で男の女房だった春糸が泣き崩れていた。

「澄乃、鑿をもらおうか」

と番方が言い、澄乃が草履で押さえていた鑿を取ると、仙右衛門に渡した。その鑿を新嬉楼の灯りで確かめていた番方が、

「おめえさん、大工かえ。大事な道具で人の命を取るなんて考えはよくないぜ」

「おれの女房だ」

「分かった。会所で話を聞こうじゃないか」

と番方が男に腕を絡めて、

「金次、澄乃、騒ぎになる前によう止めた」

と褒め、

「ふたりは見廻りを続けねえ。おれが客を会所に連れていこう」

と言い、新嬉楼の籬の前での小騒ぎは収まった。

澄乃が籬の向こうで泣き崩れる春糸に、

「春糸さん、化粧が崩れましたよ、いったん奥へ引っ込んで化粧を直すといいですよ」

と小声で忠言した。

がくがくと頷いた春糸が、

「うちの人はどうなりますね」

「番方がさばいてくれますよ。春糸さんはほれ、化粧直しですよ」

と張見世から奥へと去らせた。

金次と澄乃は京町二丁目から羅生門《らしょうもん》河岸への木戸を潜った。

「ご時世かね、うちに夫婦者だった女房が売られてくるようになったよ」

「大工ならば真面目に働けば一家の所帯くらいなんとかなったでしょうにね」

「酒か博奕《ばくち》か、身を持ち崩したかな」

と金次が言った。

刻限はいつしか五つ半を過ぎていた。

「おや、金次、女裏同心かえ」

羅生門河岸の局見世の一軒から声がかかった。

「おい、羅生門河岸の女主よ、さんくらい付けられないのか」

「おまえが子供時分から承知の利根《とね》だよ。金次を金次と呼んでどこが不満だ」

「まあな、長年の知り合いだもんな」

と金次が得心した。

「澄乃さんだったよな、女裏同心はよ」

「はい、お利根さん、澄乃にございます」

「おまえさんの朋輩は、謹慎だと聞いたがどういうことだね。七代目の懐刀《ふところがたな》がなにをやらかしたんだね」

「読売に書いてある程度のことしか私どもも知らないのでございますよ」

「西国の貧乏大名の家臣に戻るってあれかえ、そんな馬鹿な話があるものか。会所だって、ここで神守の旦那を手放したらえらいことだよ。うちらのためになんとか会所に戻ってきてほしいものだね」

「はい、私もそう願っています」

澄乃はそう答えるしか術はなかった。

ふたりは羅生門河岸から角町を抜けて揚屋町へと向かい、蜘蛛道に入って天女池に出ていた。

「澄乃よ、神守の旦那がいないってのはこんなにも寂しいもんかね」

「金次さん、今晩だけで何度目です、その言葉」

「澄乃は寂しくないか」

「そりゃ、寂しいです、切ないですよ。でも、口にするとそんな侘《わび》しさがいよいよ募《つの》ります」

だな、と金次が応えて、野地蔵の前に行くと体を屈《かが》め合掌した。澄乃は金次を見倣わなかった。それより神守幹次郎のためになにかできないか、そんなことを考えていた。

「薄墨太夫が未だ三浦屋に居た時分さ、禿の桜季さんを連れてしばしばこの野地蔵にお参りに来ていたな。ときに神守の旦那もいた。このお六地蔵はよ、こたびの一件もすべて承知なんだろうな」

と金次がぼやいた。

澄乃は答える代わりに蜘蛛道に向かって歩き出した。

浅草寺の時鐘が、四つ(午後十時)を打った。

あと一刻で引け四つの拍子木《ひょうしぎ》、吉原の商いは終わる。

先に蜘蛛道を歩く澄乃の足が止まった。

「どうしたね」

金次が問うたとき、闇の中から人影が出てきた。

「だ、だれだ」

と澄乃の背後から金次が声をかけた。

「金次さん、番太の新之助さんですよ」

と澄乃が答え、暗がりに立てかけてあった松葉杖を取ると新之助に差し出した。

「有難《ありがて》え」

「なにをしてんだ、新之助さんよ」

「天女池に戻らないか」

新之助が言い、澄乃と金次は天女池へと戻った。

「ここんところな、いささか鬱々《うつうつ》としていてな、余計なこととは承知だがよ、江戸一の駒宮楼に夜《よ》な夜な潜り込んでいるんだよ」

「新之助さんよ、なんのために江戸一の駒宮楼に潜り込んだよ」

金次の声が尖《とが》っていた。火の番小屋の番太の仕事ではあるまいとその口調が言っていた。

「駒宮楼の六左衛門さんがよ、七代目に敵対しているのは廓の者ならば承知だよな。過日、神守の旦那が、駒宮楼の娘婿の直参旗本淀野孟太郎という御仁を尋常勝負で叩き殺したのは承知か」

「な、なんだって」

と金次が驚きの声を張り上げた。

「神守の旦那の謹慎の一件に直参旗本との勝負が関わっているのか」

「おりゃ、閑に飽かしてあれこれ考えてよ、神守様が謹慎になって以来、駒宮楼に潜り込んで、帳場の話を盗み聞きしていたのよ。床下や天井裏に忍び込むのに、松葉杖は邪魔だよな」

と新之助が言った。

「なんてこった」

と金次が呆れた。

「で、なんぞ拾いものがあったか」

「駒宮楼の娘でよ、後家《ごけ》になったお美津はよ、神守幹次郎の旦那を許していねえ。未だ旦那の淀野孟太郎の仇を討つ気でいやがる。それにな、むろん駒宮楼も加担して、お美津の義弟の善次郎も兄の仇を取る気だ」

「そうか、四郎兵衛様は、神守の旦那がやつらに仇討ちされないように謹慎を命じられたのか」

「金次さんよ、その辺が今ひとつ分からねえ。だってよ、神守の旦那だぜ、お美津や居合術の達人とはいえ淀野善次郎を恐れて、謹慎を受け入れなさるか」

「そうだな、神守の旦那は返り討ちにする力量の持ち主だよな。謹慎の一件とは関わりないか」

「ないとみたほうがいい」

と新之助が応じて、

「今晩ひとつ訊き込んだ」

と言い添えた。

「神守の旦那は家を出ないよな」

「謹慎の身ではふらふら外歩きできまいな」

「お美津と淀野善次郎は汀女先生を料理茶屋の帰りにかっ攫うつもりだ。そして、神守様をおびき出して決着をつける」

「なんだと、卑怯未練《ひきょうみれん》じゃないか」

「金次さんよ。やつら、神守の旦那と相対《あいたい》するには尋常勝負ではダメだと考えてやがるのよ」

「よし、謹慎だろうがなんだろうが、おれが柘榴の家に忍び込んで神守の旦那に知らせよう」

　と金次が今にも駆け出しそうな様子を見せた。

「待って、金次さん」

「なんだよ、澄乃よ」

「この一連の騒ぎには私たちの知らないことがありそうよ」

「なんだい、知らないことって」

「金次さん、知らないことを話すことはできないわ。だけどひとつだけ、言えることがある。新之助さんは夜な夜なご苦労様だったけど、神守様は汀女先生が襲われることなど、すでに承知ではないかしら」

「そうか、そうかもしれないな。新之助さんよ、駒宮楼一派め、いつ汀女先生を襲う気かね」

「話しぶりからして、攫った汀女先生を閉じ込める住処《すみか》を寺に囲まれた花川戸辺《はなかわど》りに見つけて、その上で汀女先生を襲う気だ。二、三日のうちだな」

「ならば急ぐ要はないか」

「やつらは神守様の謹慎が解けぬうちと考えてやがるな」

「よし、となると、この話、七代目に伝えてもいいか、新之助さんよ」

「おりゃ、構わねえ。明日の晩も忍び込むぜ」

と新之助が答え、

「ちょっと待って」

と澄乃が引き留めた。

「なんだい、まずいことでもあるか」

「金次さん、最前、この一連の騒ぎには私たちの知らないことが隠されていると言ったわね。ここでこの話を四郎兵衛様に伝えると、私たちも謹慎を命ぜられるってことはないかしら」

なんだと、と金次が考え込んだ。

しばし天女池の三人の間を沈黙が支配した。

「澄乃さんの話にも一理あるぜ、おれは余計なことをしたかな。神守様を手伝いたい一心だったんだよ」

「いいえ、新之助さんの決断があったから、私たちがこのことを知ったのよ。今夜は汀女先生を攫う仕度が成ってないのでしょ。となると、汀女先生は柘榴の家にお戻りよ、そして、明日の昼間は神守様が家におられる。駒宮楼が汀女先生を襲うのは少なくとも明晩以降よ。ならば、この話を会所にも四郎兵衛様にも告げずに、三人してあちらが動くまで待つのはどう」

と澄乃が提案した。

「よし、おれはおれでよ、駒宮楼の動きを見張っていよう」

と金次が言い、

「私は、汀女先生が料理茶屋に行く昼前にひそかに従うわ。謹慎中の神守様は動けないでしょうからね」

と澄乃が応じて、

「ならば、おれは明晩を待つよ」

と新之助が考えを述べた。

三

汀女は、幹次郎が永の謹慎を命じられてからも淡々と己の務めを果たしていた。浅草並木町の料理茶屋山口巴屋の、

「女将」

の務めだ。

むろんこの職は本来四郎兵衛のひとり娘、玉藻の仕事だった。だが、玉藻には吉原の七軒茶屋のひとつ山口巴屋の女将の務めがあった上に、ただ今正三郎との間に初めての子を懐妊していた。そんな身でふたつの激務をこなせるわけもない。

この数年、浅草並木町の料理茶屋は汀女に任せ切りで、常連の客も汀女が女将であることに慣れていた。

松平定信の寛政の改革が進む中で、料理茶屋山口巴屋はできるだけ地味な商いに努め、それなりに客もいた。いや、客の中には幕閣《ばっかく》の面々もいて、料理と汀女の応対を楽しみにしていた。

汀女は、こたび亭主の神守幹次郎に降りかかった難儀を深刻に受け取ることもなく、また楽観視もしていなかった。この先なにが起ころうと、その覚悟はできていた。

この夜、五つ半過ぎに帳場の仕事を終えて、正三郎の師匠でもあった重吉《じゅうきち》にあと始末を頼み、提灯持ちを務めてくれる足田甚吉とふたりで浅草並木町の山口巴屋を出た。

「姉様よ、幹やんの謹慎はいつまで続くのかね。もうそろそろ、四郎兵衛様に呼ばれてよ、謹慎を解く沙汰があってもいいんじゃないか」

汀女と足田甚吉、それに幹次郎は豊後岡藩の中川家の下士が住まいする、同じ御長屋で生まれ育った幼馴染だった。ただ今では職階に差がついたとはいえ、三人の間では幼馴染の間柄は続いていた。特に甚吉はそのことを誇りに思い、自慢にしていた。

「甚吉どの、幾たびその問いをなさいますな。四郎兵衛様の胸の中はだれも察することはできません。幹どのの謹慎がいつ解けるのか、あるいは」

「いつまでも続くというのか」

「それも覚悟しなければなりますまい」

「姉様、おれはよ、どう考えても幹やんがよ、謹慎に値する所業をなしたとは思えないんだよ。読売が書き立てた旧藩、つまりよ、豊後岡藩の江戸藩邸を訪ねて、先方から藩への復帰を求められたことが謹慎に値することか」

甚吉の問いに汀女は答えようとはしなかった。

「よしんばそのような話があったとしても、神守幹次郎が喜んで受けるとも思えない。だってよ、幹やんは吉原会所の仕事を天職だと常日ごろ公言していたじゃないか。会所の務めでそれだけの手柄も立ててきた。そのことを一番承知なのは、七代目の四郎兵衛様じゃないか」

「いかにもさようです」

「ならばよ、姉様がいつまでかような沙汰が続くのか尋ねてもいいんじゃないか。おりゃ、そうしても七代目は許してくれると思うがね」

甚吉の言葉に汀女はふたたび答えなかった。

ふたりは広小路を横切り、仲見世の門を潜った。

もはや仲見世はどこも商いを終えていた。

汀女はこのところ身につけている懐剣《かいけん》を無意識のうちに手で触った。

「幹やんと姉様は命を張ってよ、身を粉にして吉原会所と山口巴屋のために働いてきたじゃないか。玉藻様と正三郎さんの間を取り持ったのも幹やんだぜ。四郎兵衛様に恩義はあったにしても、幹やんと姉様は十分に借りを返してきたと思うがね」

「甚吉どの、詮無きことを言うても致し方ありません」

「かもしれないがよ、言いたくなるじゃないか」

汀女は、四郎兵衛と神守幹次郎の密約は未だ生きていると考えていた。その一環としての謹慎と推測していた。だが、官許の遊里、吉原を仕切るのは吉原会所だけではない。五丁町の選ばれた七人の名主が吉原の方針を決め、その意向に沿って吉原会所が動くのだ。

しかしながら、吉原の自治を実行するのは吉原会所であることも事実だ。

七代目頭取四郎兵衛の力はそれなりにあった。まして総名主の三浦屋四郎左衛門とは厚い信頼関係に結ばれていた。そのような諸々《もろもろ》を考えたとき、謹慎と密約は、関わりがあってのことと思いたかった。

だが、名主の中には駒宮楼ほどでなくても、反七代目の考えの者はいた。謹慎がどう展開されるか、測り切れないと汀女は改めて思った。

「甚吉どの、お寺様にお参りしていきましょうか」

と汀女が提案し、あいよ、と甚吉が受けた。

階を上がった汀女はなにがしかの賽銭を投げ入れて合掌した。傍らで甚吉が提灯を手にぼうっと立っていた。

汀女の視線を感じた甚吉が、

「姉様、毎晩じゃと賽銭も馬鹿にならぬでな、胸の中で姉様の賽銭はふたり分じゃとご本尊に願った」

「呆れました」

「そう言うでないぞ、姉様。うちには食べ盛りの餓鬼《がき》が何人もおるでな、こちらの煙草銭は女房に減らされるばかりだ」

と言い訳し、

「姉様、玉藻様によ、給金の値上げを願《ねご》うてくれぬか」

と頼んだ。

「甚吉どの、うちの亭主どのは謹慎の身ということを忘れましたか。さようなことを頼めるかどうか考えなされ」

「そうじゃったのう。すべては幹やんの謹慎にゆきつくか」

とぼやいた甚吉は提灯を手に階を下りて汀女とともに随身門に向かった。

脇門を出たからといって町屋が広がっているわけではない。浅草寺寺領と浅草寺の末寺《まつじ》が柘榴の家辺りまで続いていた。

もはや四つの頃合いだ。人通りは絶えていた。

「うむ」

と言った甚吉の足が止まった。

「どうなされた、甚吉どの」

「人がおる」

提灯を突き出した甚吉が後ろから来る汀女に答えた。汀女は灯りの向こうに痩身《そうしん》の武家がひっそりと立っている姿を見た。

「どなた様かね」

甚吉が、汀女にとも相手の武家にともつかず問いの言葉を発した。

「神守汀女じゃな」

と問うた声は若かった。

「いかにも神守幹次郎が妻女《さいじょ》にございます。そなた様はどなたにございますか」

「姓名の儀《ぎ》はご勘弁願おう。汀女、そなたにしばらく付き合《お》うてもらいたい」

その声に合わせてふたりの男が浅草寺寺中の金剛院《こんごういん》と医王院《いおういん》の間の暗がりから

出てきた。ひとりは麻縄を手にしていた。

「もしやそなたは駒宮楼と関わりの淀野様のお身内ですか」

「承知か。それがしの兄者《あにじゃ》淀野孟太郎は神守幹次郎に殴り殺された。ゆえにそなたを人質に神守幹次郎を呼び出し、兄の仇を討つ」

「これはまた胡乱《うろん》なことを」

と言った汀女は懐剣の入った袋の紐を解いた。

「抗うというか。無益と思うがのう」

淀野の弟と認めた侍がつかつかと間合を詰めてきた。

「甚吉どの、逃げなされ」

と汀女は命じると懐剣を抜いて構えた。

「無駄と申したぞ」

と侍が鯉口を片手で切った。

男ふたりが姿を見せた寺と寺の間の暗がりで悲鳴が上がり、さらにふたりが突き出されるように姿を見せた。

なんと駒宮楼六左衛門と出戻りの美津だった。そして、その背後から深編笠を被った侍が姿を見せた。

「ああ、幹やんじゃな」

甚吉が喜びの声を上げた。

「淀野善次郎、兄の仇を討ちたければ使いなり文なりを寄越《よこ》せば、それで事が済んだものを」

と幹次郎が淀野善次郎に呼びかけると、

「謹慎の身で出歩いてよいのか」

江戸町一丁目の名主駒宮楼六左衛門が非難の言葉を幹次郎に浴びせた。

「六左衛門、他人の女房を勾引《かどわか》そうという所業はどうなるな」

「善次郎、殿の仇を討っておくれ」

と幹次郎の言葉に美津の言葉が重なった。

「よかろう、義姉上」

と応じた淀野善次郎が幹次郎に向き直った。

幹次郎は深編笠の紐を解くと、寺の石段へと投げた。

「淀野善次郎、今宵のそなたの行い、目付衆に知れると淀野家の跡継ぎには就けまいな。直参旗本二百三十石を潰す気か」

「無役の小普請組の跡継ぎなどこちらから御免被る」

と若い声が応じた。

「よかろう。ご検分《けんぶん》願おう」

幹次郎が言葉をどこかへかけると、

「そなた、林崎無想流の居合術を使うそうな」

「おのれは西国薩摩の田舎剣法を使うそうじゃな」

「そなたの兄者とは薩摩剣法で勝負致した。じゃが、そのほうが居合術を使うとなれば、それがしも加賀国城下外れで習った眼志流居合術小早川彦内師直伝の技にて勝負致そうか」

幹次郎は居合術の間境に自ら踏み込んでいった。

両者の間合は一間（約一・八メートル）とない。

「加賀国の在所剣法などなにごとかあらん」

「淀野善次郎、もう一度訊こう。直参旗本淀野家に未練はないな」

「ない。そなたが務めていた吉原会所の裏同心、それがしが引き継ぐ」

「愚か者めが」

幹次郎の言葉に善次郎が居合術の構えを取った。

一方、幹次郎は未だ鯉口も切っておらず、静かに立っているだけだった。

りを突き出した。

居合と居合。

どちらかが鞘に手を掛ければ、一瞬後には勝負が決する。

提灯を持った甚吉がゆっくりと両人の奥に回り込むと、両者の中間に提灯の灯りを突き出した。

長い対決になった。

どれほど時が経過したか。

見ている汀女や甚吉は何刻にも感じた。

不意に若い善次郎の息遣いが速くなった。

幹次郎はまったく変わりがない。

汀女が抜いていた懐剣を無意識のうちに鞘に納めた。そのかすかな音を聞いた長身の善次郎が踏み込みざまに剣を抜き放った。

先手を取られた幹次郎が鯉口を切ると同時に刃渡り二尺七寸の業物《わざもの》を抜き合わせた。

甚吉には提灯の灯りが届かぬ善次郎の居合抜きが一瞬早く幹次郎の右腰に決まったかに思えた。

だが、後の先《ごせん》で抜いた幹次郎の豪剣の切っ先が善次郎の喉元を刎《は》ね切ったのが先だった。

ぱあっ
と提灯の灯りに善次郎の喉から飛び散った血しぶきが浮かんだ。

くっ
と呻いた善次郎の痩身が前のめりに崩れ落ちていった。

「ああー」

と悲鳴を上げたのは義姉の淀野美津だった。

「なんてことが」

幹次郎が血振りをすると、

「眼志流横霞み」

の声が漏れた。

「お美津、この場を立ち去ったほうがいい」

駒宮楼六左衛門が娘に声をかけた。

「駒宮楼、もはや遅いな。そなたらが神守汀女様を勾引そうとした経緯も、神守幹次郎どのと淀野善次郎との勝負も検分致した」

と声がして、南町奉行所定町廻り同心桑平市松が姿を見せた。

「嗚呼《ああ》」

と六左衛門が悲鳴を上げた。

「大番屋に親子ふたりを引き立てよ」

桑平が命じて桑平の小者や御用聞きがふたりの両手に縄を掛けようとすると、

「嫌よ、私は嫌よ」

とお美津が悲鳴を上げた。

いつの間にか澄乃と金次、それに吉原の火の番小屋の番太新之助が姿を見せて、

「神守様、汀女先生、柘榴の家へお戻りください。あと始末は桑平様の命に従い、私どもが致します」

と澄乃が幹次郎に話しかけた。

「願おう」

と応じた幹次郎は深編笠を拾い、汀女と甚吉を伴い、柘榴の家へと戻っていった。


三日後のことだ。

門松屋壱之助の読売が売り出された。それには、

「こたび官許の遊里江戸町一丁目の妓楼駒宮楼六左衛門様が吉原会所に廃業の届けを提出されたことが判明致しました。

その曰くは六左衛門様に跡継ぎがなく、また当人の体調悪《あ》しきゆえとのこと、吉原会所は廃業届を受理したとのことでございます。また江戸町一丁目の名主を務めていた六左衛門様は名主を辞退したゆえに、五丁町の名主の集いにおいて然るべき時期に新たな名主が選ばれるとのこと。

事情通によれば、ご改革に従い、吉原での妓楼あるいは引手茶屋経営が困難になっていることが駒宮楼廃業の背景なりとか」

との報《しら》せが載った。


澄乃が見廻りのために三浦屋を裏口から訪ねると、昼見世前の刻限、遣手のおかねと番頭新造のおいつが茶を喫してお喋りをしていた。

「ちょうどよかったよ」

とおかねが読売を突き出して、

「読んだかえ、澄乃さん」

と質した。

「名主を務める妓楼が廃業するなんて大変なことですよね」

「大変なんてもんじゃないよ。だがね、門松屋壱之助の書き方はなんだか頓珍漢《とんちんかん》だよ。跡継ぎがなければ出戻りのお美津さんが婿を取り、六左衛門さんが隠居すれば済むことじゃないか。違うかね」

「おかねさん、私は新米の女裏同心ですよ。吉原の物知りのおかねさんの考えをこちらが聞きたいくらいです」

ふーん
と鼻で返事をしたおかねが、

「おまえさんの立場ならば、そう答えるしかあるまいね」

「おかねさんの考えを聞かせてくださいな」

「駒宮楼が、七代目のやり口になにごとにも異を唱えていなさるのは廓の者ならば承知だよ。門松屋の読売が書けない事情があってさ、廃業に追い込まれたね」

とおかねが言い、おいつが、

「となると神守の旦那の謹慎はどうなるね」

とおかねとも澄乃ともつかずに尋ね、

「澄乃さんや、神守の旦那の謹慎は解けたろうね」

とさらに追い打ちの問いを発した。

「いえ、それが」

「えっ、未だかい」

「はい。その代わり」

「その代わりなんだね」

「加門麻様がしばらく実家のお屋敷にお帰りになったそうです」

「なんだって、麻様が実家にね。で、神守の旦那はどうなったえ」

「うかぬ顔で独り稽古をなさっているそうです」

しばしおかねとおいつは黙り込んだ。

「ご当人は、それがしの謹慎は当分解けまい、とおあきさんに申されたそうな」

「なんてこった」

とおかねが困惑の顔で応じ、

「おかねさん、いよいよ神守様は昔の武家奉公に戻られるのではないかね」

とおいつが漏らして、

「吉原会所でも若い衆がそんな話をしています」

澄乃が答え、

「なんとも吉原が寂しくなるよ」

とおいつが呟いた。

四

日々は等しく過ぎていく。

柘榴の家に神守幹次郎が謹慎を命じられてひと月が過ぎたころ、浅草並木町の料理茶屋山口巴屋に三浦屋四郎左衛門が独り訪れた。そこにはすでに吉原会所の七代目頭取の四郎兵衛が待っていて、茶だけを汀女がふたりに供した。そして、三人だけで話し合いがなされた。

足田甚吉は、料理茶屋の広い台所の一角で包丁の下研《と》ぎをしながら、女衆のひそひそ話を聞いていた。

「吉原のおえら方ふたりが顔を揃えて、汀女先生を呼ばれたということは、なにかあるんじゃないかね」

「なにかってなんだい」

「旦那の神守様の謹慎が解けないでさ、汀女先生が呼ばれたんだよ。そりゃ、決まってないかえ」

「決まっているってなにがさ」

「汀女先生に身を退いてもらうと、三浦屋さん立ち会いのもと、四郎兵衛様が言い渡しに来られたんじゃないかね」

「そんな馬鹿な。汀女先生に代わる女将さんがいるわけもないじゃないか。玉藻様はお腹《なか》にやや子を宿していてさ、とてもこちらまで気が回らないよ」

「お上の意向もあって、料理茶屋はいったん閉じるとか」

「えっ、私たちも辞めさせられるのかね」

「ということはないかね。二階座敷で三人だけの話が延々と続いているよ」

などという話を聞きながら、甚吉はどうしても神守幹次郎の謹慎が続くことが理解できなかった。

三人の話し合いは一刻に及んだ。最初に四郎左衛門が料理茶屋を辞去し、しばらく間を置いて四郎兵衛が去っていった。

汀女が台所に下りてきて、

「おや、皆さん、どうなされました。そろそろお客様が参られましょう。仕度はできておりますか」

と女衆たちに注意した。

「汀女様、仕度はなっております。他に格別なご注文はございますか」

と仲居頭《なかいがしら》のおまるが汀女の顔色を窺いながら問うた。

「今日のお客様には札差の米倉《よねくら》の当代七左衛門《しちざえもん》様がおられましたね。当代はお酒の好みが厳しゅうございます。下り酒の銘柄《めいがら》を間違えないようにしてください」

といつものように汀女が女衆に注意をして、料理茶屋が動き始めた。

そんな汀女の声音が格別に変わっていないことを知った甚吉は、

(どうやら馘首話《かくしゅ》ではなかったようだ)

と安堵《あんど》した。

だが、玉藻が赤子《あかご》を産み、手がかからなくなるまで汀女の首がつながっただけということも考えられるぞ、と思い直したりした。

南町奉行所の定町廻り同心桑平市松は、汀女勾引し未遂で吉原の江戸町一丁目駒宮楼の主六左衛門と娘のお美津親子を捕らえ、大番屋送りにした。

一方妓楼は廃業した。主の親子が南町奉行所の裁きを待つ身では致し方ない。

さらに淀野家には、直参旗本小普請組の跡継ぎの命が御目付頭から下されることはなかった。兄の孟太郎に続いて弟善次郎までもが「病死」したことが判明した

から だ。

駒宮楼の見世仕舞いが公に決まったのちに五丁町の名主の集いが開かれ、新たな江戸一の名主が決まることになっていた。

その夜、料理茶屋が終わったあと、甚吉は提灯持ちを務めながら汀女を柘榴の家へと送っていくことにした。

料理茶屋の前を流れる疏水《そすい》のせせらぎが春らしい温《ぬる》んだ音を響かせていた。

「姉様、今日、三浦屋の旦那と七代目が茶屋に参られたようだが、なんぞ変わったことが話し合われたか」

「変わったことと申しますとなんでしょうね」

「だからさ、幹やんの謹慎話だよ」

「さような話はさらりとありました」

「さらりとな、姉様は変わりなしか」

「はい」

「では吉原の巨頭ふたりが浅草並木町までわざわざ足を延ばして、幹やんの謹慎話をさらりとしたとな」

「はい」

「さらりとは、どういうことだ、姉様」

「幹どのの謹慎は長くなるそうな」

「長いとはどれほどだ」

「まずは一年と考えられます」

「い、一年だって。幹やんが謹慎一年とは、なんの罪咎《つみとが》によるものだ。まさか岡藩へ出戻る話が読売に書かれただけでなんてことはないよな」

「さあて、その先は四郎兵衛様と三浦屋の旦那様の胸の内にございましょうが、私にお漏らしになることはございませんでした」

「吉原会所はな、今では幹やんの力がなくてはなるまいが。それを一年も謹慎しろだと、おれには納得ができないぞ」

「幹どのを生かすも殺すも四郎兵衛様と四郎左衛門様のご判断次第です。私どもは待つしかございません」

「幹やんはその間柘榴の家から出られないのか」

「麻が実家に戻った今、幹どのは吉原の眼先に謹慎しているのも辛《つろ》うございましょう。四郎兵衛様は、帰り際に私に『神守様が国許の岡藩に未練があるならば見に行くことを黙認します。一年後、しっかりとした答えを持って江戸へ戻ってこられることです』と言い残されました」

なんだって、と甚吉が驚きの顔を見せ、

「姉様、未だ幹やんのことを下士としか思わない家臣ばかりじゃぞ。それが加増なって帰藩したとなると、厄介じゃぞ。その上、妻仇討の騒ぎでよ、幹やんを恨みに思う藩士がいる岡藩に未練があるというのか」

「甚吉どの、こればかりは幹どのに訊いてみなければ分かりますまい」

「よし、今晩はわしが柘榴の家に立ち寄ってなにがなんでも直談判をしようぞ。われらは岡藩の下士ばかりの貧乏長屋で生まれ育った幼馴染、朋輩じゃからな」

甚吉の言葉を聞いたあと、汀女は黙り込んで浅草寺の境内を歩いていく。

「謹慎の身ゆえ、ダメというか」

「いえ、立ち寄っても無駄です」

「姉様、われら、心を許した身内じゃな」

「とは申せ、柘榴の家に立ち寄られたところで幹どのに会うことはできません」

「なに、なんと言うか」

「甚吉どのもあの場に居られてご覧になりましたな。私が駒宮楼一味に勾引されそうになったとき、幹どのが姿を見せたのを」

「おお、承知じゃとも。さすがに幹やん、駒宮楼の手の内などあっさりと読んでおったな。それだからこそ、吉原会所で四郎兵衛様の腹心と認められたのではないか」

汀女が頷いた。

「あの夜の騒ぎが落ち着いた頃合い、幹どのはわが家からひそかに姿を消されました」

「な、なんじゃと。まさか四郎兵衛様の厚意を聞く前に岡藩に戻ったというか」

「それはどうか存じませぬ」

「姉様に文も残しておらぬか」

「いえ、書置きがございました」

「なんとあった」

「一年余の謹慎をわが家ではのうて、さる場所でなしたいと認めてございました」

「さる場所とは岡藩ではないのか」

「こればかりは私にも書き残してはくれませんでした」

「なんということか」

「甚吉どの、この一件、吉原会所にも名主方にも知られたくございません。甚吉どのは私ども夫婦と幼馴染、心を許した間柄ゆえ話しました。このこと、胸に秘めてくだされ」

「わ、分かった」

と甚吉が即答した。

汀女は、甚吉がいつまでこの一事を内密にしておけるか、考えていた。

「姉様、よいか。なんぞ、困ったことがあればなんでもわしに言え。わしが料理茶屋の仕事の合間に手伝うでな」

「甚吉どのにとっても料理茶屋山口巴屋の勤めは大事な食い扶持《ぶち》でしょう。仕事の合間に無理をなすことは許しません。一年や二年、私ども、なんとでもして暮らします」

と汀女が甚吉の申し出を断わった。

汀女と甚吉の問答の夜より数日前のことだ。

旅拵えの神守幹次郎は、小田原《おだわら》城下の東に流れる酒匂川《さかわがわ》を徒歩渡りで越えた。

刻限は七つ（午前四時）前のことだ。

江戸を発って東海道を上ってくると最初の城下町が小田原だ。

大久保加賀守《おおくぼかがのかみ》十一万三千余石、東海道の難所箱根《はこね》の関《せき》を管理することを幕府に任された譜代《ふだい》大名だ。

そんな城下町の本町に入ると本陣《ほんじん》や脇《わき》本陣が軒《のき》を連ねていた。箱根の山を越える大名諸家のために本陣四軒、脇本陣四軒が揃っていた。

幹次郎は小田原城の天守閣《てんしゆかく》を望む一角にある旅籠《はたご》、御浜屋正右衛門《みはまやしようえもん》の表口前に立った。

小体な造りながら馴染の客は町人でもそれなりの人物ばかりだった。むろん神守幹次郎がこの宿を承知していたわけではない。だが、隣家は小田原城下で有名な薬屋、外郎《ういろう》家ゆえ直ぐに御宿御浜屋を見つけることができた。

「御免」

東海道から少しばかり奥まったところに建つ宿の土間に立つと声をかけた。するとその声を聞いた女衆が姿を見せ、同時に身代わりの左吉が二階から階段を下りてきた。

「神守様、お待ちしていましたぜ」

「左吉どの、こたびは面倒をかけたな」

幹次郎は腰から大刀を抜きながら左吉に礼を述べた。

「なんということがありましょう。かようなことがなければ、あのお方と旅などできませんや」

と左吉が笑った。

「道中、差し障りはなかったかな」

「歩き慣れないのではと案じておりましたが、江戸で毎日足慣らしをなされていたとか、一日に七、八里（約三十キロ）は難なく歩き通されました。小田原まで一度たりとも駕籠など雇っておりませんよ」

「それはなにより」

女衆が運んできた桶《おけ》の湯で足の旅塵《りょじん》を洗った幹次郎は手拭いを使い、さっぱりとした。

「神守様、湯に入られますかえ」

「いや、まず部屋にて顔を見せて参ろう」

と応じた幹次郎は左吉に案内されて二階座敷に通った。するとそこに加門麻の上気した顔があった。

「幹どの、ようお着きになりました」

「何日も待たせたな」

「いえ、左吉さんの案内で小田原城下を楽しんでおりました」

と麻が答え、

「旅はこれからが本式じゃぞ」

「幹どのと一緒の旅です。なんの不安もございません」

「明日は東海道一の難所箱根の関が待ち受けておる」

と幹次郎は応じたが、麻を伴っての女連れの旅を案じていなかった。

神守幹次郎と麻は、兄と義妹として公儀の道中奉行の手形《てがた》を持参していた。この手形、吉原会所の七代目頭取四郎兵衛が用意してくれたものだ。吉原の客には大名諸家の留守居役ら重臣、さらには接待される側の幕府要人もいた。ゆえに四郎兵衛は幕閣のひとり、勘定奉行の根岸鎮衛《ねぎしやすもり》と昵懇の付き合いがあった。神守幹次郎と義妹麻の道中手形は根岸の発行したものだ。

「まずは左吉さんと一緒に湯をお使いください」

と麻に言われて幹次郎は旅装を解き、湯に浸かることにした。

幹次郎と左吉は旅籠の湯に浸かった。湯船は檜《ひのき》で、四、五人が一緒に入れそうなほど大きかった。客はふたりだけだ。

「吉原はどうなりましたえ」

「妓楼駒宮楼は、いささか触れに反する行いありて、六左衛門、淀野美津親子して遠島《えんとう》処分の沙汰になりそうだ」

「大籬駒宮楼は廃業ですかえ」

「致し方あるまいな。ついでに直参旗本小普請組の淀野家もお取り潰しに内定しておるそうな。なんとか次男の善次郎どのに継がせたかったがな、義姉の美津の憎しみと善次郎どのの林崎夢想流の技量を使いたい思いが重なって、かような仕儀《しぎ》になった」

「ということは、江戸一の名主が不在ということですね」

「四郎兵衛様は、しばらく江戸町一丁目の名主を決めず、駒宮楼の廃絶騒ぎが鎮まってのち、名主会にて相談すると文で知らせてくださった」

「そうですかえ」

と左吉は幹次郎の処遇を聞きたそうな表情をした。

「左吉どの、それがしは謹慎の身じゃ、ゆえに京の禅寺《ぜんでら》にて修行をなそうと思う」

「ほうほう、禅修行でございますか。わっしはまた島原辺りで修業かと思いまし

「たがな」

「麻がなんぞ申したか」

「麻様は神守様の謹慎には一切触れられませんや。四郎兵衛様と神守様の間には強い信頼があると心に言い聞かせておられる様子でございましたな」

左吉の言葉に幹次郎は無言で頷き、

「麻も向後のことを京で学ぶことになろう」

と言った。

「前歴が前歴だ、生半可《なまはんか》な生き方はできませんや」

「まずはその前歴を忘れることだ」

「と、申されてもご両人とも吉原に関わりのある務めをなさるおつもりでございましょう、違いますかえ」

「少なくとも旧藩に戻ることはないな」

「神守幹次郎って御仁を旧藩のおえら方は全く分かっておられませんな。いや、武家方の多くが未だ天下を治めているのが己らと勘違いしておられる。当今、武家方は商人に首根っこをしっかりと押さえ込まれておられますからな。札差伊勢亀の財力がどれほどのものか、神守様の旧藩の重臣方もいくらなんでもご承知でございましょう。だが、吉原会所の陰の裏同心どのが伊勢亀の後見を務めていると知ったら、腰を抜かして扱いも違ってきますぜ」

と左吉が苦笑いした。

「左吉どの、後見というのは先代の遺言のひとつじゃがな、かたちばかりでそれがしが出る幕など一切ない。当代はしっかりとした考えの持ち主じゃ」

「と、聞いておきましょうかな」

湯船での問答は左吉の呟きに似た言葉で終わった。

二階座敷に戻ると、麻も湯を使ったらしく素顔の白い肌がうっすらと上気していた。そして床の間を背負ってふたつ、その前にひとつと向き合うように膳が並んでいた。

ひとつのほうの膳の前に座した麻が手を叩いた。

「麻様、席が違いますぜ」

と左吉が慌てた。

即座に酒が運ばれてきた。

「いえ、左吉さん、これで宜しいのでございますよ。私は神守幹次郎の義妹《いもうと》です。その義兄上《あにうえ》と左吉さんは心を許し合った朋輩にございましょう。まず、麻に酌をさせてくださいまし」

と願った麻が、

「左吉さん、この数日お世話になりました」

と銚子を差し出した。

「義兄上、江戸を出て以来、左吉さんはお酒を口になされておりませぬ」

「なに、それほど気を遣わせたか。本日の正客《しょうきゃく》は身代わりの左吉どのじゃぞ」

と幹次郎が言い、心を許し合った三人の酒盛りが始まった。


翌朝七つの刻限、幹次郎が目を覚ましたとき、身代わりの左吉の姿は消えていた。急ぎ旅仕度をすると、

「麻、起きよ。箱根越えじゃぞ」

「はい」

と隣部屋から声がして襖が開かれた。すでに旅仕度の麻がいた。

「なんだ、一番目覚めが遅かったのはそれがしか」

「幹どのは江戸から旅をしてこられました。私は左吉さんと一緒に何日かこの旅籠にお世話になって体を休めておりました」

「とは申せ、いささか気が緩んでおるわ。本日は難所の箱根の関所越えじゃ、長い旅路になるぞ、麻」

しばし間を置いた麻が幹次郎に問うた。

「幹どの、姉上の手を引いてご城下を抜けた折り、どのような気持ちにございましたか」

「古い昔の話を思い出せとな。その折りは、ふたりして一日でも長く生き延びることだけを考えておった」

「ただ今はいかがですか」

幹次郎は懐の四郎兵衛の書状、京の花街の揚屋を仕切る角屋《すみや》六左衛門《ろくざえもん》への口利き状を手で確かめると麻に答えた。

「われらの新たなる出立《しゅったつ》に責めを感じておる」

「私は心が躍《おど》っております」

幹次郎は麻の言葉に頷くと、

「参ろうか」

と声をかけた。

そのとき、幹次郎の胸の中に、

なにを待つ　箱根山路の　春の旅

という駄句が浮かんだ。

この作品は、二〇一九年六月、光文社文庫より刊行された『春淡し
吉原裏同心抄（六）』のシリーズ名を変更し、吉原裏同心シリーズ
の「決定版」として加筆修正したものです。

光文社文庫

長編時代小説

春《はる》 淡《あわ》 し　吉《よし》原《わら》裏《うら》同《どう》心《しん》(31)　決定版

著　者　佐《さ》　伯《えき》　泰《やす》　英《ひで》

2023年 7 月20日　初版 1 刷発行

発行者　三　宅　貴　久
印　刷　萩　原　印　刷
製　本　ナショナル製本

発行所　株式会社　光　文　社
〒112-8011　東京都文京区音羽1-16-6
電話　(03)5395-8147　編　集　部
8116　書籍販売部
8125　業　務　部

落丁本・乱丁本は業務部にご連絡くだされば、お取替えいたします。
ISBN978-4-334-79474-3　Printed in Japan

組版　萩原印刷